자연 하는 마음

보고,
머물며,
향유하다

이상|
|문학

일러두기
저자의 주는 각주로 달고, 번역자 주는 본문에 괄호로 처리했다.
원서 정보는 글 뒤에 둔 필자 소개글에 담았다.

목련나무

The magnolia tree

— 마저리 기넌 롤링스

나는 다른 영혼을 행복하게 하는 최소 조건이 무엇
인지 알지 못한다. 나 자신의 행복조차 잘 모르겠다. 하지만
한 가지, 나에게 필요불가결한 존재가 무엇인지는 분명히 알
고 있다. 그건 한 조각 하늘 아래 흔들리는 나무다. 언젠가 내
가 불구가 된다고 해도, 병을 오래 앓거나 감옥에 갇혀 살아
야 한다 해도 이 한 가지 자연의 증표만 있다면 나는 살아갈
수 있을 것 같다. 내가 크로스크릭(미국 플로리다주 벽지 마을)
에 처음 와서 낯선 날들을 버틸 수 있었던 것도 바로 그런 나
무 한 그루 덕분이었다.

그 나무는 목련으로, 주변의 높이 뻗은 오렌지 나무들보
다도 키가 컸다. 세상에 못생긴 나무가 어디 있으랴마는 태산
목련(*magnolia grandiflora*)에는 특별한 완벽함이 있다. 목련은 주
위가 얼마나 번잡하든, 주변 호랑가시나무, 참나무, 단풍나무

가 얼마나 울창하게 자라든 상관없이 완벽한 대칭을 이루며 성장한다. 그래서 나는 이 완벽함을 마주할 때마다 식물부터 인간까지 세상의 모든 존재는 태어날 때부터 이미 자신의 특성을 온전히 품고 있는 건 아닐지 궁금해진다.

또 목련나무는 이웃 나무들을 희생하면서 무자비하게 자라지 않는다. 목련은 오렌지 과수원 안에서 키울 수 있는 몇 안 되는 수종 가운데 하나로, 애써 키운 오렌지 나무에게서 아무것도 빼앗지 않는다. 어린 목련은 또 얼마나 예의가 바른지 부모가 생을 다하기 전에는 그 자리를 넘보지 않는다. 늙은 목련나무 근처에서 어린 목련이 저절로 자라나는 경우는 결코 없으며, 늙은 나무가 죽고 나서야 비로소 윤기 나는 새싹이 불쑥 솟아올라 족히 백여 년은 기다렸을 태양과 바람을 만끽한다.

목련나무는 한 해 내내 아름답다. 자두나무나 산사나무처럼 제 존재를 정당화하기 위해 꽃을 피우는 그 짧은 순간을 기다릴 필요가 없다. 외려 짙은 비취색의 넓고 반짝이는 나뭇잎 옷을 입었을 때가 화려하게 차려입었을 때보다도 더 매력적이어서, 목련 가지를 몇 개 꺾어다가 화병에 꽂아두면

일본의 장인이라도 인정할 만한 훌륭한 장식품이 된다. 목련 나무는 꽃을 피우기 직전에야 낡은 옷은 벗어 던지고 새 옷을 입으려는 듯 제 몸의 나뭇잎을 떨군다. 단단한 나뭇잎이 부스스 떨어지고 나면 한동안 목련나무는 바싹 말라 일그러지고, 장밋빛 이끼 낀 몸통마저 불안한 잿빛으로 변한다. 하지만 머 잖아 뾰족한 연초록빛 싹이 나뭇가지를 뒤덮고, 곧이어 광택 제라도 바른 듯 신선하게 반짝이는 나뭇잎으로 펼쳐지면 줄 기 끝에서 꽃봉오리가 모습을 드러낸다.

연한 꽃봉오리는 4월 말이나 5월 초쯤 직경 20 내지 25 센티미터에 이르는 희고 매끄럽고 거대한 꽃으로 피어나는 데, 그때 봄바람에 실려 오는 향기는 가히 정신을 혼미하게 할 정도여서 나는 난초를 가득 채운 온실을 통째로 준대도 이 나무 한 그루와 바꾸지 않겠다는 생각이 든다.

활짝 핀 목련은 크기도 크고 꽃잎도 두껍지만 난초 꽃만큼이나 여려서 사람의 손길을 완강히 거부한다. 꽃잎 가 장자리에 조금이라도 손길이 미치면 크림색 꽃잎이 단 한 시 간 만에 축축한 갈색으로 변해버리므로 목련 가지를 잘라 화 병에 꽂아두려면 각별히 주의해야 한다. 하지만 조심히 다루

기만 하면 목련은 나무에서처럼 집안에서도 꽃을 피운다. 찻
잔 모양으로 오므라져 있던 꽃봉오리가 느닷없이 탁 터지고,
만개한 꽃에서 붉은 수술이 우수수 떨어진다. 고요한 방에 있
으면 수술이 탁자 위로 떨어지는 소리가 들릴 정도다. 익으면
촛불처럼 아름답게 붉어지는 목련나무의 열매는 마치 크리
스마스트리에 조명이 차례로 켜지듯 꼭대기부터 아래로 천
천히 익어간다.

목련나무의 개화 시기가 지나고 꽃이 그리워진 나
는 화가인 친구 로버트에게 나의 낡은 철제 쟁반을 내밀며 거
기에 작은 목련 가지를 하나 그려달라고 부탁했다. 하지만 그
는 진정한 예술가답게 고객의 요청에 진절머리를 내면서 쟁
반에는 꽃이 아니라 풍경화를 그려야 한다고 했다. 나는 부루
퉁해진 얼굴로 투덜거렸고, 결국 로버트는 나보다 더 부루퉁
한 표정으로 목련꽃을 그리기 시작했다. 그러나 쟁반에 하얗
게 몇 번 붓칠을 하는가 싶더니 또 이러쿵저러쿵 불평을 늘어
놓으며 몇 달을 그냥 흘려보내는 것이었다. 그러다 다시 목련
꽃 피는 시기가 돌아왔고, 로버트의 작업실에는 활짝 핀 목련
이 화병 가득 꽂혔으며, 결국 승리는 나의 것이 되었다. 목련

의 거부할 수 없는 아름다움이란!

　　이제 쟁반 위에 피어난 나의 목련은 진정한 예술이 현실에 부여하는 불가해한 아름다움을 품은 채 적어도 내 평생 동안은 시들지 않을 것이다. 다만 그 쟁반을 원래의 낮은 테이블로 돌려놓을 수는 없게 되었다. 너무 훌륭한 예술품이 되어버렸기 때문에 집에 찾아온 손님들이 물기 뚝뚝 떨어지는 술잔을 나의 쟁반 위에 아무렇게나 올려놓도록 내버려둘 수가 없다. 이제는 별수 없이 잠잘 때도 쟁반을 끌어안고 자거나, 어울리지도 않게 농삿집 벽에 액자처럼 걸어두거나, 비밀 요원이라도 된 것처럼 손님들 꽁무니를 몰래 쫓아다니며 그들이 내 목련의 새하얀 가슴에 축축한 술잔을 함부로 내려놓기 전에 얼른 낚아채는 수밖에 없다.

　　삶의 침체기에 내게 자양분이 되어준 목련나무는 여전히 여기에 서 있고, 내가 지키는 한 앞으로도 그럴 것이다. 과수원 안을 걸을 때는 목련나무가 별로 눈에 띄지 않는다. 그 진가가 발휘되는 건 주방 싱크대 옆 서쪽 창문에서 밖을 내다보았을 때다. 창문 아래 테이블에서 파이 반죽을 하거나 케이크를 만들 때, 설거지를 하거나 채소를 다듬을 때면 마치 액자 속 그림처럼 높이 난 창틀 안으로 윤기 나는 짙은 초록빛 나뭇가지가 보인다. 태양이 그 뒤로 떨어질 때는 가지 사이로 빛이 뒤엉킨다. 크로스크릭에서의 일과 생활이 모두 낯설게만 느껴지던 날들에, 내려온 지 겨우 일 년 만에 이곳 생활에 지쳐버린 남편과 그의 두 형제가 마치 밑 빠진 독처럼 먹어대기만 하고 누구 하나 집안일을 도와주지 않던 그 날들에, 서쪽 창가에서 보내는 나의 시간은 끝도 없이 이어질 것처럼 막막하기만 했다. 그때마다 목련나무는 내게 아름다움과 위안을 전해주었다.

한번은 가족 중 한 사람이 오렌지 나무의 양분을 빼앗는다며 목련나무를 베어버리자고 한 적도 있었다. 다행히 다른 가족들이 말도 안 된다며 내 편을 들어주었고, 덕분에 목련나무는 여전히 그 자리에 서서 매일 수시로 변하는 하늘을 향해 나뭇잎과 꽃과 붉은 열매를 치켜들게 되었다. 오렌지 농사에서 비용을 보전하기조차 쉽지 않은 요즘, 우리는 목련나무가 과수나무에 이로운 다양한 기생생물을 품고 키워내는 감사한 존재라는 것을 안다. 나는 오랫동안 혼자였고, 목련나무는 지금도 여기에 서 있다.

목련나무

우리가 자연환경에 적응하는 문제는 사람 사이의 관계만큼이나 흥미롭고 다면적이다. 누군가에게 아무리 좋은 장소도 다른 이에게는 맞지 않을 수 있으며, 인간 불행의 상당수가 인간과 주변 환경 사이의 원초적 관계를 무시하는 데서 비롯된다고 나는 생각한다.

당연하게도 동물들은 이 문제에 더욱 민감하다. 먹이와 짝짓기할 상대만 있으면 거의 어떤 곳에서라도 만족하는 것처럼 보이는 동물이 있는가 하면 환경의 변화나 우리에 갇힌 삶을 전혀 받아들이지 못하는 동물도 있다. 예를 들어 원숭이들은 동물원에 갇혀 있어도 별로 괴로워하지 않는 듯하지만, 사람들 앞에 웅크리고 앉은 독수리나 철창에 갇힌 표범은 보는 이의 마음이 괴로워질 정도로 절망스러워 보인다.

나와 함께 도시를 떠나 크로스크릭에 온 두 마리의 동물도 환경의 급격한 변화에 완전히 상반된 반응을 보였다. 하나는 스코티시 테리어라는 품종의 겁쟁이 개였고 다른 하나는 어린 얼룩 고양이였다. 도시에서 나고 자란 녀석들에게 도심 공동주택에서의 생활은 익숙했고, 안전한 집 안의 작은 침대에서 보내는 밤과 시내의 자동차 소음은 어쩌면 당연했다. 그 안에서 그들은 행복했다.

스코티시 테리어 '딩이'는 꼬리에 처음으로 잡초가 닿은 순간부터 이곳 플로리다의 오지 마을을 싫어했다. 이곳 태양을 싫어했고, 백인이든 흑인이든 가리지 않고 여기 사람을 싫어했으며, 농삿집의 널찍한 공간도 밤의 기나긴 고요도 싫어했다. 딩이는 첫날부터 그 통통한 엉덩이를 바닥에 깔고 앉은 채 주변을 노려봤다. 여기서는 자신의 유구한 혈통이 제대로 인정받지 못하리라는 걸 본능적으로 느끼는 것 같았다. 플로리다는 동물도 일을 하는 땅이어서 보통 반려동물로 여겨지는 품종의 개들도 당연하게 노동을 한다. 우리는 여기서 비교적 한가로운 생활을 하고 있고 우리 집 동물들 역시 햇볕 아래서 빈둥거리며 지내지만 이곳 사람들은 개라면 마땅히 인간을 잘 보필해야 한다고 생각한다. 그러므로 딩이는 인정받지 못했다. 심지어 이해받지도 못했다.

딩이가 개라는 사실을 도무지 믿지 못하는 사람들도 있었다. 언젠가 한 번은 딩이를 차에 태우고 시내에 장을 보러 갔는데, 점원이 장바구니를 차에 실어주러 왔다가 딩이를 보고는 뒷걸음질 치면서 "차에 들짐승이 있어요!"라고 새된 소리를 지른 적도 있다. 그때 딩이는 들짐승이라는 말은 몰랐을 지언정 인간들이 자신을 별로 좋아하지 않는 것만은 분명히 깨달았을 것이다. 아첨하듯 다가와 간식을 내밀고 다정하게 만져주는 손길에만 익숙하던 딩이는 이곳에 온 뒤 자기만의 마음속 안식처로 숨어들어서는 도무지 나오려 하지 않았다.

줄무늬 고양이 '지브'는 전혀 다른 종자였다. 지브도 원래는 도시 애완동물의 나른한 삶을 살아왔다. 정육점에서 사온 소간이나 다진 고기를 받아먹으며 종일 집 안에서 지냈고, 유일하게 신나는 일이란 이따금 겁 없는 도시 쥐를 쫓아 뒷마당으로 마실을 나가는 것뿐이었다. 크로스크릭에서 새로운 삶을 시작한 이후 내가 눈코 뜰 새 없이 바빠지자 지브는 한동안 혼자 힘으로 살아가야 했다. 우리 집 젖소 로라가 내어주는 신선하고 따뜻한 우유를 아침저녁으로 먹을 수 있었지만 그게 전부였다. 그러나 구제불능의 내향적 성격으로 변해버린 딩이와 달리 지브는 최고의 날들을 보냈다.

딩이에게 공포의 대상인 숲이 지브에게는 황홀한 곳이었다. 여러 세대에 걸친 도시 고양이로서의 삶을 한순간에 내던져버리고 녀석은 마치 언제나 그래왔다는 듯 숲이며 습지를 쏘다녔다. 번뜩이는 눈으로 돌아온 녀석의 입에는 형언할 수 없이 기이한 전리품, 그러니까 도마뱀이나 작은 뱀 같은 것들이 물려 있었다. 그로부터 몇 년의 시간이 흐른 지금은 지브도 그늘에 드러누운 채 지나가는 도마뱀을 그저 바라볼 뿐 잡으려 하지 않는다. 이 지역에서는 '도마뱀 먹는 고양이처럼 가엾다'라는 표현이 자주 쓰이는데, 이제는 녀석도 도마뱀이 별로 건강한 먹잇감이 아니라는 걸 알게 된 것 같다.

한번은 어디선가 뱀에게 크게 물렸는지 꼬박 이틀을 눈에 띄지 않더니 머리가 원래의 두 배는 부풀어 오른 채 다리를 바들바들 떨면서 돌아온 적도 있었다. 아무것도 못 먹고 쓰러져 있던 녀석은 이틀이 더 지나고서야 간신히 원래 상태로 돌아왔고, 그때부터는 뱀 비슷한 것만 봐도 기겁하게 되었다. 지브가 구부러진 나뭇가지나 바닥에 떨어진 끈을 보고서 스프링처럼 족히 1미터는 튀어 오르는 모습을 본 적도 있다.

지브는 딩이의 우울감을 느끼기라도 한 듯 자신이 발견한 새로운 즐거움을 그에게 알려주려고 부단히 노력했다. 침울해하는 딩이에게 도마뱀을 가져다주었다가는 딩이의 역겨워하는 표정을 보고 어리둥절해했고, 생쥐 잡는 법을 가르치려고 몇 시간씩 애를 쓰기도 했다. 지브가 으레 고양이가 하

목련나무

듯이 생쥐를 불구로 만든 다음 딩이의 코앞에 떨어뜨리면 딩이는 언짢은 듯 자리를 옮겼다. 그러면 지브는 생쥐를 다시 딩이의 배 밑으로 쓱 밀어 넣고는 생쥐가 도망치기를, 그래서 딩이가 생쥐를 향해 달려들기를 기다렸다. 합리적인 동물이라면 누구라도 응당 그럴 거라는 듯 기대에 찬 얼굴이었다. 그러나 생쥐가 탈출을 시작하면 딩이는 고개를 반대쪽으로 돌려버렸고, 그제야 지브는 어쩔 수 없다는 듯 생쥐를 죽여서 잡아먹었다.

결국 딩이는 도시로 돌아가서 사람들로 북적이는 공동주택의 아늑한 침대에서 행복하게 살게 되었고, 자신을 꼭 닮은 도시적이고 오만한 스코티시 테리어들의 아빠가 되었다. 만약 플로리다에 계속 남았다면 녀석은 거대한 권태에 짓눌려 결코 자손을 보지 못했을 것이다. 지브도 이제는 늙어 이집트 미라처럼 바싹 마르고 기력이 쇠했지만, 그 눈만큼은 여전히 카멜레온과 새들을 향해 치켜뜨고 있다. 지난밤 철제 울타리를 지나 과수원으로 차를 몰고 갈 때였다. 지동차 헤드라이트 불빛에 비친 형형한 두 쌍의 눈동자가 차도를 사이에 두고 양쪽에서 빛나고 있었다. 그것은 먹이를 구하러 나온 주머니쥐와 맞은편에 편안하게 웅크려 앉은 채 흥미 가득한 눈으로 그것을 바라보는 나의 고양이 지브였다. 이렇듯 그저 사색으로 축소된 삶일지라도 녀석은 언제까지나 생동할 것이다.

✿

숲에 대한 내 감정은 딩이보다는 지브의 것에 가까웠다. 내게 숲은 언제까지나 미지의 장소일 것이고, 언젠가 나이가 들어 지브처럼 바싹 말라버린대도 나는 지브가 그랬듯 두근거리는 심장을 안고 숲의 그림자 아래로 들어갈 것이다. 처음 숲에 대해 느낀 두려움이 사라진 지 오랜 후에도 그때의 설렘은 그대로 내 안에 남았고, 그 설렘이야말로 아름답고 사랑스러운 모든 것들에 대하여 내가 놓치지 말아야 할 감정이다.

이곳이 과거 북미 원주민과 스페인 점령자들의 땅이었다는 사실은 나를 더욱 들뜨게 했다. 오칼리 인디언 부족장인 비타추코가 스페인 점령자들과 혈투를 벌였다는 곳이 바로 이 자리였을지도 모른다고 생각하면 심장이 꿈틀거렸다. 이 지역 우림은 보통 '해먹'(hammock)이라고 불리는데, '경

목련나무

작하기 좋은 땅'을 뜻하는 스페인어 '하마카'(hamaca)에서 유래했다고 한다. 얼마 전 신작 소설을 출간하면서 내가 염두에 두었던 제목도 바로 '하마카'였다. 수많은 이들이 이곳 해먹에서 경험한 승리와 패배의 역사를 제목에 담고 싶었다. 제목이 너무 특이하면 책이 잘 안 팔릴까 봐 포기하고 말았지만 말이다.

나는 요즘도 플로리다의 해먹에서 새로운 길을 개척하는 스페인 사람들의 모습을 즐겨 상상한다. 그 옛날에도 해먹은 지금과 같은 모습이었을 테고, 인간이 망쳐놓지만 않는다면 앞으로도 영원히 그럴 것이다. 썩은 낙엽이 수 세기 동안 켜켜이 쌓여 만들어진 해먹의 부엽토는 유난히 검고 기름지다. 이 땅에서는 상록참나무, 야자나무, 스위트검나무, 호랑가시나무, 호프졸참나무, 히코리나무, 목련나무가 자란다. 해먹에는 고지대와 저지대가 있고, 오크나무 해먹과 야자나무 해먹도 있지만, 주변으로는 늘 물이 흐른다. 소나무 숲이나 평지림은 해먹에 비해 토양이 척박하고 메말랐음에도 개방감이 있어서 더 따뜻하게 포용하는 느낌을 주는 반면에 '하마카'는 마치 플로리다의 거대한 미스터리를 품고 있는 듯 비밀스럽다.

일의 리듬에 어느 정도 익숙해진 뒤로 나는 숨 돌릴 틈이 생길 때마다 목련나무 그늘 너머로 보이는 해먹과 호숫가 곳곳을 탐험하기 시작했다. 우리 땅 72에이커 중에서 과수원을 제외하고는 그 어디든 나의 목적지가 되었다. 또 미망인 로리 부인에게서 과수원 동쪽 끝에 맞닿은 버려진 습지와 저지대 해먹 40에이커를 더 매입했는데, 그건 아마도 개척농이었던 조상들이 내게 남긴 유산, 그러니까 자기 땅을 네모반듯한 모양으로 '완성'하고 싶어 하는 유별난 본능 때문이었을 것이다.

우리 과수원은 잡초와 붉은 갈대가 아무리 크게 자라도 안전하고 탁 트인 느낌을 준다. 가끔 오렌지나무 아래 촘촘하게 자란 여름 피복 작물에 석양빛이 기묘하게 스며들 때면 그 초록빛 풀은 식물이 아니라 에메랄드빛 바다처럼 보인다. 마치 멀고도 높은 지상의 어떤 곳으로부터 쏟아져 내려온 빛이 반짝이는 물속을 통과하고 있는 것만 같다. 그럴 때도 탁 트인 느낌은 여전하다.

나는 브라이스 영감님 댁 과수원 뒤편의 버려진 밭 16에이커도 사랑했다. 영감님 댁의 주저앉은 뒷문을 열고 처음으로 이 드넓은 공터를 만났을 때 느꼈던, 귀한 보물이라도 찾은 듯한 기분을 지금도 잊지 못한다. 10에이커쯤 되는 너른 평지를 중심으로 동쪽으로는 빽빽한 히코리나무 숲을 향해 치닫는 가파른 내리막이, 북쪽으로는 6에이커에 달하는 원시 상태의 울창한 해먹이 펼쳐진다. 공터 한가운데에는 거대한 상록참나무 한 그루가 서 있고 그 곁을 배롱나무 덤불과 낡은 우물이 지키고 있다. 지금은 아무 흔적도 없지만 과거 이곳은 집터였고, 낮게 뻗은 참나무 가지에서는 아이들이 그네를 탔다고 한다.

이미 불모의 땅이 되어버린 걸 알면서도 미련이 남은 나는 이곳에 콩, 호박, 오이를, 심지어는 어린 오렌지 나무까지 심어보았다. 그러나 냉소적이고 메마르고 지쳐버린 그 가슴에서는 어떤 농작물이든 심는 족족 시들어버리고 말았다. 농사처럼 성가신 일에는 넌덜머리가 나서 더 이상 아무것도 키우지 않겠다고 결심이라도 한 것만 같았다. 이곳에서 번성하는 것이라고는 몇 그루 감나무와 야생 포도나무, 해먹 가장자리에 선 야윈 자몽나무 한 그루, 히코리나무 사이에서 자라난 크고 향긋한 오렌지나무 한 그루뿐이었다. 인간이 실패한 자리에서 다람쥐와 라쿤과 새와 여우들은 여전히 풍족했다.

☀

우리 집에서 길 하나만 건너면 나오는 동쪽 과수원은 남쪽과 동쪽이 해먹으로 둘러싸여 있다. 마치 과수원을 보호하기라도 하듯 해먹은 초승달 모양으로 우리를 감싼다. 해먹에 들어가는 건 야생으로 떠나는 여행이다. 장화와 두꺼운 바지도 필수다. 잎이 뾰족한 톱야자 덤불을 통과해야 하고, 오솔길에는 가끔 뱀도 나오기 때문이다. 톰 모리슨의 말로는 늪살무사와 방울뱀이 해마다 두 번씩 같은 경로를 따라 이동하며, 동쪽 과수원과 서쪽 과수원의 사잇길이 그들의 주된 이동 경로라고 한다. 내가 뱀을 제일 많이 목격한 곳도 바로 그 길이었으니 그의 말이 틀리진 않은 것 같다.

촘촘한 톱야자 덤불을 지나면 본격적으로 해먹이 펼쳐진다. 로리 부인의 담장이 이어지는 곳은 널찍한 공원 같기도 하다. 이곳에서는 야자나무와 상록참나무들 사이로 키 큰 대왕소나무가 자라며, 부드러운 참나무잎과 솔잎으로 땅이 뒤

목련나무

덮여 있어 걸을 때 발소리조차 나지 않는다. 이 고요한 곳에 파랑어치가 둥지를 튼다. 숲의 적막을 깨는 건 나무 위로 부드럽게 흐르는 바람 소리와 그 너머로 들려오는 녀석의 까랑까랑한 울음소리뿐이다.

나는 사냥을 처음 배울 때 여기로 와서 나무줄기를 잽싸게 오르내리는 회색 다람쥐에게 41구경 샷건을 겨누어보곤 했다. 처음에는 이런 연습이 그저 재미있었지만 얼마 지나지 않아 거부감을 느끼게 됐고, 이제 나는 침입자가 아니라 오직 손님으로서 소나무 숲에 간다. 다람쥐들이 매해 가을마다 먹어 치우는 피칸 열매가 족히 대여섯 그루 분량은 되지만 피칸 나무는 열두 그루나 더 있으니 개의치 않는다. 그러므로 가을날, 잘 익은 피칸 열매를 향해 쪼르르 달려가는 회색 털뭉치가 나의 창가를 지날 때면 나는 이렇게 말한다. "어서 오렴. 다 같이 먹을 만큼 충분하단다."

서쪽 과수원, 그러니까 우리 집 옆 과수원을 지나 아래쪽으로 내려가면 오레지 호수와 맞닿은 또 다른 해먹이 나온다. 이곳은 처음부터 나의 진정한 도피처였고 마음이 힘들 때마다 무척 자주 갔다. 하지만 삶이 내게 더 많은 것을 내어주게 된 이후로는 거의 가지 않게 됐다. 싫증이 나서도 마음이 떠나서도 아니었다. 그저 인간과 자연의 관계란 그런 것이기 때문이었다. 인간이란 오직 필요할 때만 우리가 필요로 하는 것에 기대게 마련이고, 호숫가의 해먹은 내가 그곳에 가든 가지 않든 조금도 개의치 않는다. 그러므로 나는 지금껏 내게 자양분이 되어주는 길을 그저 따라온 것처럼, 내가 필요로 할 때만 그곳을 찾아갈 뿐이다.

이곳 해먹으로 가는 길은 두 가지다. 먼저 과수원을 통해서 가는 길이 있다. 과수원 끄트머리에서 살짝 아래쪽으로 내려가면 피칸나무 몇 그루와 커다란 탱자 관목이 옹기종기 모인 작은 땅이 나온다. 바닥에는 자주달개비와 야생 겨자꽃이 무더기로 피어 있다. 건기에는 낡아빠진 울타리를 경계로 우리의 정원이 되어주지만 호수에 물이 차오르는 지금 같은 시기에는 결명자풀과 가시나무만 무성한 진창일 뿐이다. 결명자풀과 사나운 가시덤불을 헤치고 끝까지 나아가서 또 하나의 낡아빠진 울타리를 지나면 호숫가를 따라서 소들이 이동하던 길이 나오고, 그 길을 따라가면 해먹을 만나게 된다.

남쪽 목초지로 가서 해먹의 경계를 바로 넘어가는 길도 있다. 블랙베리 덤불과 청미래덩굴로 단단히 얽히고설킨 경계는 여간해서는 통과하기가 어려울 것처럼 보이지만 몸을 낮게 구부리면 무성하게 늘어진 덩굴 사이로 통로 하나를 찾을 수 있다. 이것 역시 소들이 지나다니던 길로 알려져 있다. 낮고 비좁은 통로를 따라서 영영 이어질 것만 같은 그림자 속을 헤치고 가다 보면 곧 널찍한 해먹이 나타난다.

마음을 기댈 수 있는 작고 황홀한 공간 하나 없이 사람들은 어떻게 살아가는 걸까? 나의 호숫가 해먹에서는 나뭇가지 끝이 항상 미세하게 떨려서 가장 고요한 날에도 마치 지구의 숨소리가 들리는 것만 같다. 그곳에서는 스페인 이끼가 언제나 조금씩 흔들리고, 빽빽한 수풀을 지나면 상록참나무, 야자나무, 소나무처럼 큰 나무가 다문다문 솟은 땅이 이어진다. 봄에는 캐롤리나 재스민의 달큰한 향이 공기를 가득 채우고, 여름이면 잿빛 나무줄기를 감싸며 피어난 능소화 덩굴에서 붉은 꽃들이 환호성을 지른다. 가을과 겨울에는 호랑가시나무 열매가 작고 환한 등불처럼 어슴푸레한 빛 속을 밝힌다.

이곳 다람쥐들은 겁이 없다. 윤기 흐르는 검은 벨벳으로 만든 것 같은 거대한 여우다람쥐를 처음 만난 것도 바로 이곳에서였다. 스컹크는 애벌레를 찾느라 부지런히 땅에 구멍을 파면서 내 주변을 거리낌 없이 돌아다닌다. 녀석은 나무 둥치에 가만히 앉아 있는 나를 잠시 바라보는 듯하다가도 다시 침착한 신사처럼 제 할 일을 했고, 얼마 후 우아하게 몸을 흔들며 숲속으로 사라지곤 했다. 메추라기들이 자주 나를 스쳐 지나다녔으므로 블랙베리 덤불 속 그들의 안식처도 알게 됐다. 거기서 메추라기들은 둥그렇게 모여 작고 부드러운 울음소리를 내며 밤을 보냈다. 이렇게 숲속 동물들과 함께 그들의 땅에 머물 때면 나는 마치 외국에 나갔을 때처럼 나 자신의 세계가 확장되고 있음을 느꼈다.

서쪽으로 갈수록 해먹은 점점 질퍽해지고 나무는 더 듬성듬성 자란다. 그 너머로 긴 띠처럼 이어지는 습지에서는 소 떼가 거의 배까지 차는 물속으로 들어가 부레옥잠과 연잎들 속에서 게으르게 수초를 뜯는다. 습지를 지나면 넓은 호수다. 이곳은 온갖 물새들로 소란스럽다. 긴 다리의 왜가리와 두루미, 해안가에서 날아온 갈매기, 야생오리, 검둥오리, 새된 비명을 지르는 물수리가 있고, 이따금 하늘을 배회하다가 소용돌이치듯 내리꽂히며 물수리의 먹이를 공중에서 낚아채는 대머리독수리도 있다.

맑은 날에만 드러나는 호수 반대편으로는 여전히 무성

목련나무

한 오렌지 과수원 한가운데에서 무너져가는 샘슨가 저택의 탑이 보인다. 위험할 정도로 낡아버린 그 탑에서 이쪽을 바라본다면 윤기 나는 나무와 반짝이는 물과 야자나무의 섬들로 이루어진 꿈 같은 열대의 세상이 보일 것이다. 나이가 들면 나의 호숫가에도 그런 탑 하나를 짓고 싶다. 아무리 이상한 것도 그저 자연스러워 뵈는 그런 나이가 되면 화가 치밀어 오를 때마다 그 탑에 올라 나를 방해하는 모든 사람을 내려다보며 으르렁거리고 싶다.

❋

나는 가끔 해먹의 부엽토를 퍼다가 우리 집 장미와 동백과 치자나무에 뿌린다. 어느 날 아침 여느 때처럼 양동이를 들고 그곳에 도착했을 때 야생 포도 넝쿨 아래쪽으로 낯선 패턴의 색깔들과 숨결처럼 가벼운 움직임이 언뜻 눈에 들어왔다. 커다란 목련나무 아래 야생 암퇘지 한 마리가 누워 쉬고 있었다. 그리고 약간 떨어진 곳에는 햇살처럼 신선한 새끼 돼지들이 아직 털도 마르지 않은 채 서로의 몸에 뒤엉켜 있었다. 출산 과정이 고되었는지 어미도 새끼도 완전히 기진맥진

한 상태였다. 어미는 온몸을 축 늘어뜨린 채 숨을 헐떡거렸고 새끼들은 강아지들처럼 옹기종기 모여서 꼬물거렸다. 맨 밑에 깔린 녀석은 그 말랑한 배에 바닥의 한기가 닿는 게 싫었는지 위로 올라가려고 안간힘을 쓰고 있었다. 어느 순간 새끼 돼지들의 덩어리가 한꺼번에 꿈틀거리더니 가장 용감한 새끼 돼지 한 마리가 어미의 옆구리를 향해 꾸물꾸물 기어가기 시작했다. 몸 한가운데 허리띠라도 두른 것처럼 흰 줄무늬가 있는 자그마한 얼룩 돼지였다. 녀석은 털이 부숭부숭한 어미의 품에서 기적을 발견하고는 기쁨에 차서 낑낑거렸고, 곧 다른 새끼 돼지들도 모두 그쪽을 향해 기어갔다.

이렇듯 해먹의 숲은 숨을 쉰다. 생명은 이끼가 늘어진 숲과 습지, 사이프러스나무 사이를 관통하고, 야생 암퇘지와 새끼들을 관통하고, 나를 관통하며 끝없이 순환한다. 생명의 고요한 박동 속에서 우리는 하나의 존재가 된다. 중요한 것은 바로 이것, 삶의 순환이고, 그 안에서 삶과 죽음은 희미한 황혼과 형체 없는 새벽처럼 서로 녹아든다.

우주가 숨을 쉬고 그 안의 세상도 같은 숨을 쉰다. 이것이 바로 무수한 태양과 달들로 인해 아름다워지는 우주적 생명이다. 그러므로 우리가 그 박동과 충분히 가까운 거리를 유지하면서 생명의 리듬을 느끼고 그 꾸준함에 위로받을 수 있다면, 우리 자신의 짧은 삶이란 아주 거대한 천에서 떨어져 나온 작은 조각에 불과하며 생명은 그 자체로 존귀하다는 사실을 이해한다면, 그걸로 된 것이다.

마저리 키넌 롤링스(Marjorie Kinnan Rawlings, 1896-1953)는
20세기 전반부에 활동한 미국 소설가다. 시골 마을을 배경으로
하는 성장소설과 동화를 주로 썼고, 대표작《아기 사슴 이야기》
(*The Yearling*, 1938)로 퓰리처상을, 사후 발간된《비밀의 강》
(*The Secret River*, 1955)으로 뉴베리 아너상을 받았다. 1928년, 롤링스는
어머니의 유산으로 플로리다 호숫의 작은 마을 크로스크릭에
72에이커(약 8만 평)에 이르는 땅을 사고,
그곳에서 오렌지 농사를 지으며 글을 쓰기 시작한다.

이 글은 당시 삶의 풍경을 생생하게 그려낸 회상록
《크로스크릭》(*Cross Creek*, 1942)에서 발췌했다.
롤링스는 목련나무의 완벽하지만 남을 해하지 않는 다정한
아름다움에서 삶과 자연에 대한 심오한 성찰을 이끌어낸다.
과수원을 둘러싼 원시 그대로의 자연, 숲을 제집처럼 누비는
집고양이, 나무 등치에서 새끼를 낳고 숨을 고르는 야생 돼지에
이르기까지, 그녀의 시선에 닿은 모든 작은 것들에 대한 애정이
짙게 스며 있다.

목련나무

섬의 정원

An Island Garden

— 셀리아 베이턴 색스터

하나님께서 창조하신 경이로운 우주의 모든 신비 중 내게 가장 경탄스러운 것은 텅 빈 땅에 심은 씨앗이 만들어내는 결과물이다. 양귀비 씨앗을 보라. 손바닥에 올려두고 보면 양귀비 씨앗은 한 점 티끌에 지나지 않는다. 그러나 눈에 잘 보이지도 않는, 그 바늘 끝처럼 작은 알갱이에는 형언할 수 없이 아름다운 영혼이 담겨 있다. 땅에 심으면 그 영혼은 결박을 깨고 어둠으로부터 벗어나 모든 묘사를 무색하게 하는 눈부신 찬란함으로 피어난다.

이에 비하면 천일야화 속 램프의 지니는 그 절반도 놀랍지 않다. 씨앗이라는 작은 보석함 안에는 뿌리, 줄기, 잎, 봉오리, 꽃, 씨방에 이르기까지 하나의 식물을 이룰 온갖 빼어난 색깔과 아름다운 형태가 고스란히 접혀 들어가 있다. 도토리가 참나무가 되는 것을 보면 알 수 있듯 식물은 씨앗의 크기에 비해 놀랍도록 거대하게 자란다. 이 경이로운 변화의 전 과정은 단 몇 주 만에 우리 눈앞에 펼쳐지기도 하는데, 그 기적의 크기를 깨닫는 순간 우리는 유명한 찬송가 가사처럼 "크신 사랑에 감격하여 경배"할 수밖에 없다.

모든 씨앗은 참으로 흥미롭다. 솜털 달린 민들레와 엉겅퀴 씨앗은 바람이 불 때마다 멀리 날아가 퍼진다. 작은 갈퀴가 달린 씨앗은 가축의 털이나 인간의 옷에 달라붙어 사방으로 이동한다. 빛나는 은빛 깃털이 달린 수레국화 씨앗은 마치 작은 셔틀콕 같아서, 바람을 타고 빙빙 돌다가 종자 부분을 아래로 하여 적당한 땅에 꽂힌다. 바람개비 모양의 단풍나무 씨앗은 보이지 않는 공기의 물결을 타고 퍼져나간다. 그러나 한 해의 초입부터 씨앗의 기적에 마음을 빼앗겨 감탄만 하다가는 정작 정원 근처에도 못 갈 수 있으니 경계해야 한다.

흔히 은수저를 물고 태어난 사람을 행운아로 여기지만 은수저의 행운은 꽃에 대한 열정을 품고 태어난 사람이 누리는 복에 비할 바가 아니다. 열정이라는 단어가 짐짓 거창하게 들릴 수도 있으나 나름 고심 끝에 고른 것이다. 내가 말하는 열정은 가벼운 애정이나 심미적 감동이 아니다. 나비처럼 가볍게 스치는 관심도 아니다. 내가 말하는 건 열정이라는 단어에 걸맞은 진짜 사랑이다. 고귀한 희생을 감내하는 진정한 사랑, 육체의 불편과 영혼의 좌절을 견디는 위대한 사랑, 불굴의 의지와 판단력, 인내심으로 무장하고 수천의 적과 기꺼이 맞서 싸우는 강인한 사랑이다. 또 앞서 언급한 모든 것에 더하여 그보다 더 중요한 어떤 것, 즉 미묘하고도 섬세한 자극을 줄 수 있는 사랑이다.

종종 "어떻게 그렇게 식물을 잘 키우세요?"라는 질문을 받는다. 사람들은 내 아담한 여름 화단이나 겨울에도 꽃을 피우는 창가 정원에 감탄하며 묻곤 한다. "제가 키우면 도통 이렇게 꽃이 피질 않아요. 비결이 뭔가요?" 내 대답은 한마디다. "사랑이에요." 그 한 단어에 모든 게 담겼다. 끝없는 시행착오를 견디는 인내심, 한결같음의 원천이 되는 끈기, 사랑하는 대상의 필요를 채우기 위해 몸과 마음의 안락함을 기꺼이 내려놓는 의지, 그리고 어쩌면 다른 어떤 것보다 중요하다고 볼 수 있는 세심한 유대와 교감까지.

말재주가 좋은 한 친구는 정원 테라스 그늘에 앉아 쉴 때면 등나무가 어깨에 머리를 기대오는 게 느껴진다고 너스레를 떨곤 한다. 그 정도까진 아니지만 나 또한 식물이 돌보는 이의 애정을 느끼고 거기에 반응한다는 사실을 의심하지 않는다. 물론 물과 양분, 생육에 필요한 환경을 충실히 제공하면 식물은 자라고 꽃을 피운다.

그러나 애정을 주지 않으면 어떤 결정적인 것이, 말로는 설명하기 힘든 미묘한 영적 찬란함이 결여된다. 노르웨이인들이 꽃 가꾸기와 관련하여 사용하는 '오펠스케'(*opelske*)라는 단어가 있다. 이 귀하고도 아름다운 단어는 직역하자면 '사랑으로 키우다'라는 의미다. 꽃을 사랑으로 키워 생기와 활력을 불어넣는 것이다.

⁂

음악가나 화가, 시인이 그러하듯 꽃을 진정으로 사랑하는 사람 또한 만들어지기보다는 타고난다. 꽃을 사랑하는 이들은 세상이라는 눈물의 골짜기에서 대지라는 어머니가 자식에게 허락하는 가장 순전한 기쁨을 얼마간 누릴 행운을 지니고 태어난다. 그 기쁨은 고요하면서도 순수하고, 고무적이면서도 한결같다. 필요한 건 작은 땅 한 뙈기, 그 땅을 가꿀 시간과 도구, 거기에 심을 씨앗뿐이다. 자연은 이슬과 햇살, 아낌없는 비와 달콤한 바람으로 그를 돕는다.

그러나 꽃 애호가는 이내 한 가지 사실을 깨닫는다. 자유를 지키기 위해 끊임없는 경계가 필요하듯, 아름다운 꽃을 지키는 일에도 잠시의 방심조차 허락되지 않는다는 사실이다. 꽃을 노리는 적은 셀 수 없이 많고, 전쟁은 아침저녁도 밤낮도 가리지 않고 이어진다. 거세미나방 유충, 방아벌레 유충, 팬지 해충, 총채벌레, 장미벌레, 진딧물, 곰팡이병 등 꽃을 괴롭히는 적은 다양하지만 가장 지독한 건 역시 민달팽이다. 끈적끈적한 몸으로 흐물거리며 돌아다니는 이 민달팽이라는 놈은 정원의 모든 아름답고 섬세한 식물을 탐욕스레 먹어치운다. 꽃을 아끼는 이라면 온 힘을 다해 이 모든 적에 맞서야 하며, 가능하다면 완전히 박멸해야만 소중한 꽃들도 그 애호가도 평화를 누릴 수 있다.

병해충마다 방제약이 다르고, 구제 방법은 실로 다양하다. 내 벽장 선반에는 각종 방제약이 담긴 작은 양철통이 줄줄이 놓여 있다. 통의 겉면에는 모두 이름표를 붙여 두었다.

총채벌레는 장미 잎을 파먹어 앙상한 레이스 모양의 단단한 잎맥만 남겨놓는다. 이 해충에는 헬레보루스라는 식물을 말린 가루를 쓴다. 그런데 헬레보루스 가루는 잎 뒷면에 살살 뿌려줘야 한다. 그렇다, **뒷면이다.** 장미잎 수백 장을 하나하나 뒤집어가며 가루를 뿌리는 건 여간 수고로운 일이 아니다.

노균병이나 잿빛곰팡이병, 녹병에는 유황 가루를 쓴다. 유황은 그냥 덤불 위쪽에 뿌리면 되므로 비교적 수월하지만, 모든 잎에 닿도록 꼼꼼히 살포하지 않으면 화근을 남길 수 있다. 또 다른 양철통에는 진딧물 방제에 쓰는 황색 코담배 가루가 담겨 있지만, 사실 진딧물이 정원에 한번 자리 잡으면 약으로도 어쩔 수가 없다. 그 외에도 석회, 소금, 패리스그린(과거 살충제로 널리 사용된 유독성의 녹색 안료), 카옌 고춧가루, 등유 유제, 고래기름 비누까지 정원의 적들에 맞서는 무기는 실로 다양하다. 이런 무기를 휘두를 때는 판단력과 끈기, 인내심, 정확성과 세심함이 필수다.

가장 끔찍한 적을 꼽으라면 역시 등껍질도 없이 흐물거리는 민달팽이다. 말도 못하게 불쾌한 이 생물은 거무튀튀한 점액질 몸뚱이로 기어다니며 그야말로 모든 것을 먹어치운다. 민달팽이는 거의 모든 방제약에 무적이다. 경험에 따르면 석회와 소금이 그나마 조금 효과를 보이지만, 이 둘을 쓸 때는 무척 조심해야 한다. 자칫하면 민달팽이만큼이나 식물에 해를 입힐 수 있기 때문이다.

소중한 새순이 기지개를 켜며 돋아나는 봄에는 매일 해질 무렵 정원에 나가 화단 가장자리에 석회 가루를 뿌린다. 특별히 아끼는 식물 주위엔 가루를 빙 둘러 일종의 방어막을 만들어준다. 민달팽이는 뿌린 지 얼마 안 된 석회 가루 방어막을 넘지 못한다. 그러나 가루는 하루이틀만 지나도 효과를 잃어, 민달팽이가 그 점액질 흔적을 남기며 방어막을 유유히 가로지른다.

나는 한밤중에도 몇 번이고 침대를 빠져나가서는 희미한 달빛에 의지해 석회 가루 방어막이 제대로 작동 중인지 확인하곤 했다. 민달팽이는 주로 밤에 먹이를 먹기 때문이다. 이들은 햇빛에 약한 탓에 비가 오거나 흐린 날이 아니면 낮에는 거의 모습을 드러내지 않으며, 주로 축축한 널빤지 밑이나 그늘진 구석에 숨어 있다.

소금도 석회와 비슷하게 활용하지만 역시 식물에게 해가 될 수 있어 늘 조심스럽다. 특히 물을 줄 때는 반드시 식물 주변의 석회와 소금을 신경 써서 치워야 한다. 이런 물질이 토양에 다량 스며들면 식물의 연약한 뿌리가 상할 수 있기 때문이다. 일부 식물에는 아주 가는 철망으로 짠 작은 덮개를 씌우고, 그 둘레는 민달팽이가 비집고 들어올 틈이 없게 흙을 돋워 꼼꼼히 막는다. 흙이 흘러내리지 않게 나무판을 두른 화단 테두리에는 긴 홈통을 못으로 고정하고 안에 소금을 채워 해충이 가까이 오지 못하게 한다.

사랑하는 꽃들을 지키기 위해서라면 나는 인간이 고안한 모든 수단을 기꺼이 동원할 준비가 되어 있다. 그렇게 나는 매일 해 질 무렵 식물 주변에 소금과 석회를 둘렀다가 다음 날 아침 물을 주기 전 걷어내기를 반복한다. 소금은 바닷가의 습한 공기와 이슬에 녹기 십상이라 아끼는 식물 주변에 둘 때는 두꺼운 종이판을 둥글게 잘라서 깔고 그 위에 놓는다.

이 모든 일에 얼마만큼의 수고와 인내심, 끈기, 그리고 희망이 필요할지 독자들도 능히 짐작할 수 있을 것이다. 너무나도 고된 일이지만 그만큼 보상이 크기에 나는 그 모든 수고가 결코 아깝지 않다. 민달팽이 퇴치법을 모르던 시절에는 속수무책 당하곤 했다. 분명 전날 저녁에는 화단을 따라 줄지어 돋아난 싱그러운 연초록 새잎들을 바라보며 뿌듯해

했는데 다음 날 아침에 가보면 녹색이라고는 흔적도 찾아볼
수 없었다. 화단은 마치 목수의 대패가 훑고 지나간 자리처
럼 휑했다.

　　　　한창 민달팽이와 사투를 벌이던 어느 날 누가 내게
이렇게 제안했다.

“모든 생물에는 천적이 있잖아요. 민달팽이의 천적이 두
꺼비라던데, 두꺼비를 들이는 건 어때요?”

그 말에서 한 줄기 희망을 본 나는 당장에 뭍에 사는 친
구에게 편지를 보냈다.

“선지자의 이름으로 청하노니, 부디 내게 두꺼비를 보내
다오!”

그 즉시 아이들이 동원되어 근방의 두꺼비를 잡기 시작
했다. 그리고 6월의 어느 날, 본토에서 보낸 상자 하나가 배
편으로 내게 도착했다. 윗부분을 철망으로 덮은 상자에는 흙
이 반쯤 채워져 있었고, 다 말라 버석버석한 나뭇잎 사이에
먼지를 뒤집어쓴 두꺼비 세 마리가 생기 잃은 눈으로 멍하니
앉아 있었다. ‘이게 다야? 세 마리뿐이라고?’

이래서야 그 멀리까지 요청을 보낸 보람이 없었다. 나는

말라붙은 두꺼비들이 안쓰러워 황급히 호스를 가져와 시원한 물을 살살 뿌려주었다.

상자가 넘치도록 물을 뿌린 순간 놀라운 일이 벌어졌다. 바닥에 깔려 있던 흙이 들썩이며 다른 두꺼비들이 우르르 고개를 내민 것이다. 거무칙칙한 얼굴에 눈을 반짝이는 두꺼비가 족히 수십 마리는 되어 보였다. 두꺼비들은 일제히 물기를 머금은 달콤한 소리로 합창을 시작했다. 기쁨에 찬 물결 같은 그 울음소리가 듣기 좋았다. 나는 눈을 껌뻑이며 노래하는 두꺼비들을 기대에 찬 눈으로 천천히 살폈다. 그러고는 망치를 가져와 상자의 철망을 뜯어내며 말했다.

"솔직히 너희가 예쁘게 생기진 않았지만, 저 원수들을 없애주기만 한다면 내 눈엔 누구보다 사랑스러울 거야."

철망을 뜯고 상자를 옆으로 눕히자 두꺼비가 하나둘 튀어나와 먹이와 그늘이 넘치는 낙원으로 흩어져 사라졌다. 그 여름 내내 정원 여기저기에서 두꺼비와 마주쳤다. 두꺼비들은 볼 때마다 통통해지더니 나중에는 사과처럼 둥글둥글 살이 올랐고, 가을이 되자 내 엄지손톱만 한 새끼들이 섬 곳곳을 깡충거리며 누볐다.

첫해에 들여온 두꺼비는 예순 마리였고, 이듬해엔 아흔

마리를 더 들여왔다. 그런데 언제부턴가 강아지들이 풀밭의 두꺼비를 놀잇감 삼아 괴롭히다 죽이기 시작했고, 쥐들마저 두꺼비를 잡아먹기 시작했다. 그러다 보니 상당수가 사라졌지만, 정원을 지킬 만큼의 두꺼비는 남아주기를 바라고 있다.

프랑스에서는 정원을 지키기 위한 용도로 두꺼비를 사고파는 일이 흔하다고 한다. 한 신문에는 '정원의 친구'라는 제목으로 영국 두꺼비에 대한 기사가 실리기도 했다.

런던의 코번트가든 시장을 거닐다 보면 상인들이 두꺼비를 판매하는 진풍경을 볼 수 있다. 이 친숙한 양서류는 영국의 채소 재배 농부들 사이에서 인기가 높아 마리당 1실링이라는 꽤나 높은 가격에 거래된다. 실제로 두꺼비는 해충 퇴치에 있어 타의 추종을 불허하는 데다 식물을 해하는 나쁜 습성이 전혀 없는 이로운 존재인바, 정원사라면 응당 열렬히 환대할 만하다.
두꺼비의 능력을 활용하고 싶다면 정원이 매력적인 보금자리로 비치도록 간단한 유인책을 쓰면 된다. 가끔 두꺼비가 정원을 벗어나려는 기미를 보일 때는 활약이 필요한 구역으로 다시 조심스럽게 돌려보내는 수고도 필요하다.

식물을 싹둑싹둑 잘라먹는 통에 '컷웜'(cutworm)이라고
불리는 거세미나방 유충도 흔한 해충에 속한다. 겉껍질이 없
는 이 유충은 전체적으로 통통하고 길이는 제각각이다. 내 새
끼손가락만 한 굵기에 길이가 6센티미터에 달하는 놈도 본
적이 있다. 이 불쾌한 생명체는 땅속, 그러니까 식물의 뿌리
근처에 서식한다. 한번은 나란히 심어둔 스위트피 한 줄을 모
조리 갉아먹은 일도 있었다. 공격당한 스위트피는 뿌리 바로
위를 낫으로 벤 듯 매끈하게 잘려나갔다.

스위트피가 줄기째로 나란히 쓰러져 죽은 광경이 참으
로 우울했다. 이 유충은 식물 종류를 가리지 않으며, 공격받
은 식물은 모두 예외 없이 싹둑 잘려나간다. 대처법은 하나뿐
이다. 공격이 시작된 지점의 땅을 파헤쳐 하나하나 직접 잡아
없애는 것이다.

땅을 파다가 작은 유충이 스무 마리씩 득실거리는 소굴
을 발견한 적도 몇 번 있다. 흙에 석회를 묻어두는 것도 도움
이 되지만, 가장 확실한 퇴치법은 역시 한 마리씩 잡아내 현
장에서 끝장내는 것이다. 이들을 찾아내는 게 쉬운 일은 아니

지만 정원을 아름답게 가꾸고 싶은 정원사라면 불굴의 의지로 끝까지 찾아 없애야 한다.

꽃들을 위협하는 또 다른 강적은 공교롭게 내 벗이기도 한 작은 송참새다. 정원에서 씨앗을 바로 땅에 뿌리는 건 상상도 하지 못한다. 송참새들이 절대 가만두지 않기 때문이다. 나는 씨앗 대부분을 별도의 상자에 파종하여 송참새의 눈에 연하고 맛있는 샐러드로 보이지 않을 크기까지 키워 화단에 옮겨 심는다. 수백 포기에 달하는 여리여리한 스위트피도 모두 이 방식으로 키운다. 키가 두세 뼘까지 자라고 뿌리도 그만큼 탄탄히 자리 잡으면 한 포기씩 옮겨 심으면 된다.

그래도 우리의 작은 도둑들은 포기를 모른다. 스위트피를 뿌리째 뽑아 먹지는 못하지만, 땅속 어딘가에 콩을 닮은 그 씨앗이 있을지도 모른다는 헛된 기대에 줄기를 이리저리 비틀고 잡아당겨 끝내 식물을 죽이고 만다.

이 불쌍한 식물들을 지키자면 막대나 지지대를 세우고 낡은 어망을 덮는 수밖에 없다. 목서초와 양귀비 화단에도 촘촘히 짠 철망을 덮어 약탈자를 막는다. 이렇게나 성가시게 구는 송참새지만 나는 이 귀여운 약탈자를 사랑하는 수밖에 없다. 송참새의 맑은 울음소리를 어린 시절부터 얼마나 좋아했던가. 녀석들이 울타리에 앉아 까만 눈을 반짝이며 바라볼 때면 그 묘하게 익살스럽고 귀여운 모습에 나도 모르게 웃음이 난다.

송참새의 노랫소리는 마치 다정한 천사의 음성 같다. 이런 송참새와는 어떻게든 공존할 용의가 있지만 지독한 민달팽이는 얘기가 다르다. 민달팽이에 대해 내가 느끼는 감정은 단 하나, 박멸을 다짐하는 전의뿐이다.

❋

내가 사는 쇼얼즈제도에는 매년 5월 첫째 주에 제비와 도요새가 어김없이 찾아온다. 얼핏 평범하기 짝이 없는 단순한 사실의 서술로 들릴 수도 있지만, 바다로 둘러싸인 바위섬에서 이들을 맞이할 때의 기쁨은 말로 다 표현할 수 없다.

5월 초순의 어느 아침, 나는 부드러운 햇살과 바람을 즐기며 팬지꽃과 비단향꽃무 모종을 정원 화단에 옮겨 심는다.

울타리에 앉은 말벌새 부부는 나를 바라보며 저들만의 어여쁜 언어로 대화를 나눈다. 내 감각으로 새들의 언어를 온전히 이해할 수는 없지만, 그 안에 담긴 의미는 왠지 또렷이 전해진다.

내 주위를 온통 둘러싼 송참새들은 덤불이며 담장 위, 울타리와 박공지붕 꼭대기에서 소박하고 다정한 노래를 쏟아내고, 흰목참새의 노랫소리도 낮은 골짜기에 넘실거린다. "따스한 남부의 기운이 가득한" 흰목참새의 노랫소리, 그 넘치는 기쁨과 행복의 음색을 묘사하기에 '넘실거린다'는 표현보다 더 어울리는 말이 있을까?

빠질 수 없다는 듯 어디선가 울새가 우짖고, 찌르레기는 "웃음소리의 시냇물을 공중에 흘려보낸다." 저 멀리 높은 하늘에서는 마도요가 울어대고, 정원 울타리 너머 만조의 바다에서는 파도가 잔잔히 철썩거린다. 아이들의 재잘거림이 멀지 않은 곳에서 들려올 뿐 그 외에 다른 소리는 없다.

그때 문득 해안 쪽에서 "삐잇, 삐잇, 삐잇!" 하는 맑고 또렷한 새소리가 세 번 울린다. 옆집에 사는 남동생도 마침 나와서 화단을 돌보고 있다. "들었어? 도요새야!" 반가운 소식이 입에서 입으로 전달된다. "도요새가 왔대요!"

달콤한 음색이 또 다시 울린다. 작은 만을 가득 채운 잔잔한 수면 위로 "삐잇, 삐잇, 삐잇!" 하는 소리가 울리자 물결도 귀 기울이듯 숨을 죽인다.

도요새만큼 다정하게 우는 새가 있을까? 아침과 저녁, 이슬 맺힌 고요 속에 들리는 도요새 소리는 더없이 아름답고 감미롭다. 도요새는 다양한 음색과 울음소리를 지녔다. 어떤 때는 자연스럽게 수다를 떠는 것 같기도 하고, 또 어떤 때는 진지한 대화를 하는 것처럼 느껴진다. 때론 사색에 잠긴 것 같은 소리를 내기도 한다.

소중한 둥지에 위협이 닥쳐 겁에 질린 채 울부짖는 도요새 소리를 들으면 내 가슴은 미어진다. 그러나 "삐잇, 삐잇" 하는 다정한 소리는 언제 들어도 그 충만한 기쁨으로 가슴을 설레게 한다. 도요새의 울음소리는 사랑 그 자체의 목소리다.

하늘 높은 곳에서 제비 떼의 즐거운 합창이 들려온다. 기쁨에 겨워 당도한 제비들은 창공을 날렵하게 가르며 우아한 음악적 선율로 하늘을 채운다. 제비는 8월 말까지 섬에 머

무른다. 말벌새와 마찬가지로 제비의 노랫소리는 슬픔의 기색을 전혀 찾아볼 수 없는 순전한 기쁨의 소리다.

도요새 소리는 무척 달콤하지만 어딘가 애처로운 기운을 머금고 있고, 송참새 소리는 묘하게 사색적인 분위기를 풍긴다. 울새의 노래에는 슬픈 가락이 섞이곤 하고. 요정의 나팔소리를 연상시키는 꾀꼬리 소리는 의기양양하지만 이 또한 순수한 기쁨의 소리와는 거리가 멀고, 검은지빠귀의 울음소리는 강렬하면서도 달콤하지만 환희가 느껴지지는 않는다. 보석 같은 소리를 반짝반짝 쏟아내는 찌르레기는 언제나 유쾌한 장난꾸러기지만, 찌르레기의 노래는 기쁨에 차 있기보다는 익살스럽게 느껴진다. 그에 비해 제비의 지저귐은 그 어떤 불순물도 섞이지 않은 순수한 환희의 표출이다. 내가 아는 모든 새들의 노래 중 그늘 한 점 없는 기쁨의 소리를 고르라고 한다면 나는 주저 없이 제비 소리를 택할 것이다.

셀리아 레이턴 색스터(Celia Laighton Thaxter, 1835-1894)는
미국 쇼얼즈제도의 화이트섬과 애플도어섬에서 등대지기의 딸로
자랐으며, '섬의 시인'이라 불린다. 또래 친구를 찾기 어려운
환경에서 자연을 벗 삼아 자란 그녀는 일찍부터 섬과 바다에 대한
글을 썼다. 가족이 운영한 애플도어 하우스 호텔은 당대 예술가와
작가들의 문화 살롱 역할을 했는데, 랄프 왈도 에머슨과 너새니얼
호손을 비롯한 많은 유명 인사가 이 호텔을 즐겨 찾았다.

대표 산문집 《섬의 정원》(*An Island Garden*, 1894)은 그녀가 가꾸던
정원의 사계절을 기록한 작품이고, 이 글은 이 책의 도입부다.
식물을 가꾸는 과정에서 느낀 사색을 문학적으로 풀어낸 이 작품은
단순한 정원 기록을 넘어 인간과 자연의 조화로운 관계를 그린
뛰어난 산문집으로 평가된다. 셀리아의 정원은 지금도 아름다운
모습으로 애플도어섬에 남아 있다.

1843년 6월 10일, 나이아가라에서

Niagara, June 10, 1843

— 사라 마가렛 풀러

이번 여름 이곳저곳을 여행하며 제 인생의 각 페이지에 써 내려갈 각주들을 당신과 공유하기로 한 이상, 제 여행기가 앞으로 어떻게 펼쳐질지는 몰라도 이 인상적인 서막을 빼놓아서는 안 되겠다는 생각이 듭니다. 그 위대한 경관을 목도한 순간 저는 다른 이들과 마찬가지로 할 말을 잃고 말았습니다. 삶 전체가 그것의 위대함으로 가득 차 다른 생각은 사라지고 그저 그 존재 자체에 압도되어 버렸거든요. 그 순간 제가 떠올릴 수 있었던 가장 담백한 탄사는 '지금 여기 있어서 참 좋다!'였습니다.

우리는 여드레 동안 이곳에 머물렀습니다. 저는 이제 기꺼이 이곳을 떠날 마음이 듭니다. 아름다운 경관은 잠깐만 보아도 큰 만족감으로 우리를 가득 채워줍니다. 존재 자체만으로 우리에게 기쁨을 주고 그보다 아름답지 못한 다른 것들까지 너그러이 받아들일 수 있는 여유를 선사하기도 합니다. 욕망이란 한 번 충족되고 나면 이전처럼 우리를 다그치지 않는 법이니까요. 단 하루만이라도 온전히 누리고 나면 우리는 또 기꺼이 다른 삶을 살아낼 수 있게 됩니다.

하지만 이곳에 있는 동안 날씨는 우리 편이 아니었습니다. 찬란하고 따뜻한 햇살 대신 우리를 반긴 건 흐린 하늘과 매정한 바람이었습니다. 날씨 때문에 신경이 곤두서 있던 저는 눈앞에 펼쳐지던 장면과 소리의 자극을 견뎌내기가 버거웠습니다. 끊임없이 반복되는 창조의 중력 앞에서 도망칠 곳이라고는 전혀 없었기 때문입니다. 다른 모든 형태와 움직임은 잠깐 나타났다가 사라지고, 조수는 밀어닥쳤다 다시 물러나기를 반복하며, 바람은 가장 세찰 때조차 돌풍과 질풍의 모습으로 우리를 스쳐갈 뿐입니다. 하지만 이곳에는 지칠 줄 모르는 에너지로 끊임없이 되살아나는 폭포의 움직임이 존재합니다. 깨어 있을 때나 잠든 순간이나 반복되는 이 움직임은 힘차게 돌진해 우리를 에워싸고 관통하죠. 이런 움직임 속에서 저는 영원에 가깝게 다가간 자연의 웅장함을 깊이 체감할 수 있었습니다.

1843년 6월 10일, 나이아가라에서

이따금 메아리 소리가 또 하나의 음악처럼 울려 퍼지기 시작합니다. 그러면 마치 폭포가 제 자신의 리듬을 붙잡았다가 다시 노래하는 듯하고, 겹으로 울려 퍼지는 폭포의 진동음을 들으며 우리의 귀와 영혼이 각성하는 느낌이 듭니다. 바람이 폭포의 찬가를 실어 나르며 메아리를 만들어내는 덕택일 겁니다. 이 숭고한 음악은 천공에 영적인 울림을 전달합니다.

이곳에 처음 도착했을 때 저는 고요한 만족감을 느꼈습니다. 그동안 봤던 그림이나 전경, 사진들을 통해 모든 것의 위치와 비율을 정확히 알고 있었기 때문에 어디에서 무엇을 감상할 수 있는지 쉽게 찾을 수 있었고, 모든 것들은 제가 기대했던 모습 그대로였거든요.

오래전 친구와 산 중턱에서 세상을 짙게 물들이는 아름다운 석양을 바라보고 있었습니다. 터벅터벅 걸어오던 어린 목동이 우리가 무얼 감상하고 있는지 궁금했었나 봅니다. 목동은 한농안 우리를 관찰하다가 마침내 그곳에서 감상할 수 있는 건 석양뿐이라는 사실을 깨닫고는 잠시 우리와 함께 석양을 물끄러미 응시했습니다. 그러고는 곧 동의한다는 듯 이렇게 말했습니다.

"태양이 꽤 괜찮긴 하네요!"

듣기에 따라서는 셰익스피어 작품에 나오는 멍청한 클로톤 왕자가 했을 법한 말 같기도 했고, 요람에서부터 세상의 이치에 통달했던 메르쿠리우스의 지혜로운 말 같기도 했습니다.

우리의 국민 영웅, 브라더 조너선(미국 또는 미국인을 상징하는 허구의 인물)이 왕자의 궁전에 갔을 때나 낡은 부츠를 신고 바티칸 계단을 올라 교황 앞에 섰던 때처럼 스스럼없고 담대한 태도였습니다. 이곳에서 만난 폭포는 말 그대로 꽤 괜찮아 보였습니다. 그리고 이제는 당신이 얘기했던 것처럼 이 폭포가 절대 우리를 실망하게 하지 않는 이 세상 단 하나의 창조물이라는 사실에 동의하고 싶은 마음이 생겼습니다.

하지만 언뜻 듣기에 쉽고 단순해 보이는 이러한 찬사는 충성스러운 관찰자에게 감상을 위한 고유한 기준을 찬찬히 드러내 보입니다. 하루하루 이 풍경의 비율은 제 시야 속에서 더 넓고 높아졌고 마침내 저는 이 장엄한 원경을 제대로 담은 전경을 볼 수 있었습니다. 그리고 이곳을 떠나기 전 이제 정말 이 풍경의 완전한 경이로움을 발견했다고 확신하게 되었습니다.

1843년 6월 10일, 나이아가라에서

저를 매료시킨 그 경이로움은 지금까지 한 번도 느껴보지 못했던 막연한 두려움으로 이어졌습니다. 죽음이 우리를 새로운 존재의 차원으로 인도할 때 느낄 법한 미지의 두려움이었습니다. 끊임없이 이어지는 거센 물줄기 소리가 모든 감각을 사로잡아 가까이에서 나는 소리도 들을 수 없을 것만 같았습니다. 그래서 저는 혹시 적이 쫓아오고 있지는 않은지 두려워하며 뒤를 돌아보곤 했습니다. 무엇이든 빨아들일 것 같은 기세로 쏟아지던 물줄기의 천성적 기운은 이 땅에 자리 잡고 살았던 인디언들이 가진 그것과 매우 흡사했습니다. 그 사실을 깨닫자 원한 적도 없고 반길 수도 없는 장면이 자꾸 제 머릿속에 떠오르기 시작했습니다. 벌거벗은 야만인들이 손도끼를 높이 치켜든 채 슬금슬금 제 뒤를 따라오고 있는 난생처음 보는 장면이었습니다. 이 환상은 머릿속에서 끊임없이 반복되었고 저는 계속 떨쳐내기 위해 노력하면서도 어느새 또 움찔거리며 뒤를 돌아보고 있었습니다.

폭포 전체의 모습은 영국령(캐나다) 쪽에서만 감상할 수 있었습니다. 그곳에서는 빛과 어둠이 어우러지고 신비한 물안개 베일에 감추어져 있는 폭포를 충분히 먼 거리에서 감상할 수 있었습니다. 그러다 배를 타고 폭포 가까이 다가갈수록

베일이 주는 신비로움과 빛과 조명의 대비 효과가 더욱 극적으로 펼쳐지기 시작했습니다. 그리고 소용돌이 계곡을 보고 돌아가는 길에 다시 뒤를 돌아봤더니 이번에는 작게 축소된 그림의 모습으로 우리에게 또 다른 즐거움을 선사했습니다. 하지만 가장 감명 깊었던 것은 폭포 근처 테이블 록에서 감상한 전망이었습니다. 폭포의 세세한 모습을 관찰할 여력도, 자아의 의식까지도 모두 사라져버리게 만드는 곳이었습니다.

그곳에 막 자리를 잡고 앉았을 때였습니다. 어떤 남자가 조금 떨어진 곳에서 구경하다가 갑자기 폭포 가까이 다가가더니 잠시 물끄러미 바라보더군요. 그리고 어떻게 하면 이 놀라운 자연을 가장 실용적으로 이용할 수 있을까 고민하는 듯하더니 곧 폭포 속에 침을 뱉었습니다.

언젠가는 사람들이 부모의 시신을 비료로 쓰게 될지도 모른다고 퓌클러 무스카우 왕자가 추정했던 이 시대의 특성과 디킨스가 묘사했던 미국의 모습처럼 실용성을 추구하는 이 시대에 딱 맞아떨어지는 모습이 아닐 수 없었습니다. 하지만 저는 진심으로 우리가 속한 이 시대와 미국이라는 나라가 그런 모습으로 역사의 한 페이지에 남지 않기를 바랍니다. 약간의 누룩만으로도 반죽 전체를 전혀 다른 빵으로 만들 수 있

1843년 6월 10일, 나이아가라에서

는 법이니까요.

제가 열렬히 사랑하는 소용돌이는 거대한 폭포 아래에서 무게 있는 엄숙함으로 가장 깊은 인상을 남기곤 합니다. 짙은 청록색의 강물은 거대한 폭포 아래 가장 차분해 보이고 심지어 침울해 보이기까지 합니다. 하지만 미세한 원형의 물결들은 그 밑에 숨겨진 소용돌이의 움직임을 암시하며, 조용히 비밀을 속삭입니다. 우렁찬 폭포의 울음에서는 들을 수 없었던 비밀, 지금까지 누구에게도 드러낸 적 없는 그 의미를 말이죠.

비밀을 발견하는 건 두려운 일이기도 합니다. 폭포가 삼켜버렸던 무언가가 별안간 눈앞에 떠오를 수도 있다는 사실 때문입니다. 그것은 뿌리가 뽑힌 채 가라앉았던 나무일 수도, 사람이나 새의 사체일 수도 있으니까요.

급류는 생각했던 것보다도 훨씬 매혹적이었습니다. 물살이 너무 빨라 오히려 멈춘 듯 느껴졌고, 덕분에 그것의 아름다움에만 오롯이 집중할 수 있었습니다. 모스 아이랜드 뒤편에서 제가 직접 찾아낸 샘물은 어쩌다 생겨난 우연의 산물처럼 보였습니다. 다시는 볼 수 없을지도 모른다는 생각에 저는 선뜻 그 자리를 떠날 수 없었습니다. 하지만 곧 그 샘물이 항상 거기에 있을 거라는 사실을 알게 되었고, 그 후로 몇 번이나 다시 찾아가 샘물에서 뿜어져 나오는 물머리의 모습을 바라보았습니다.

늘 그렇듯이 자연은 더 큰 설계를 위해 뒤편에 숨겨진 그 작은 폭포에 미리 작은 견본을 만들어둔 모양입니다. 자연은 이런 방식을 좋아합니다. 큰 스케치 안에 작은 스케치를 숨겨두고 큰 꿈 안에 작은 꿈을 겹쳐두는 방식을요. 그래서 우리는 돌 조각 위에서 거대한 절벽의 선형을 발견할 때, 이끼 꽃의 가장자리를 따라 촘촘히 박힌 별에서 폭포의 색감을 찾아낼 때, 자연의 천부적 재능에 합당한 사유의 방식으로 다시금 풍경을 재구성하며 큰 기쁨을 느낄 수 있습니다.

많은 사람이 나이아가라에 세워진 건물들 때문에 불평하면서 이곳이 더 훼손될까 두려워합니다. 하지만 저는 그런 염려에 전혀 공감할 수 없습니다. 나이아가라의 웅장함은 건물의 미약한 존재감을 삼켜버리고도 남기 때문입니다. 전체 풍경에서 그것들은 넓은 들판에 기어다니는 지렁이보다 미약한 존재일 뿐입니다.

1843년 6월 10일, 나이아가라에서

고트섬 숲에 만발한 갖은 꽃들은 각자의 어여쁨으로 자연에 경의를 표하고 있었습니다. 그중에서도 웨이크로빈과 메이애플은 마침 활짝 만개해 있었습니다. 가을날 무지개를 본뜬 듯 흰색, 분홍색, 녹색, 보라색으로 피어 있던 웨이크로빈은 왕관에 박힌 보석처럼 빛을 내며 위풍당당한 자태를 뽐냈습니다. 이곳을 관장하는 숲의 수호신이 땅 위를 거닐 때 쓸 법한 화려한 화환의 재료들로 더할 나위가 없었죠. 메이애플은 그 푸른 잎사귀를 들춰볼 때면 여지없이 풍성한 꽃송이가 고운 자태를 드러냈습니다.

이제 안녕! 나이아가라! 나는 이곳에서 너의 아름다움을 찾아냈고, 이곳에 오는 다른 이들도 모두 자신만의 방식으로 너의 아름다움을 찾아내리라. 너는 하늘의 별처럼 쉬이 사라지지 않을 테니까.

햇살과 달빛이 흘러넘치는 7월에 다시 이곳을 찾으려 합니다. 해를 잘 볼 수 없었던 이번 여정에서는 낮 무지개도 겨우 두어 번밖에 보지 못했고 달 무지개는 구경조차 할 수 없었으니까요. 하지만 제왕의 위엄 앞에 그깟 왕관이야 그저 장식에 지나지 않을 겁니다.

포터 장군과 잭 다우닝도 이곳에 영 어울리지 않는 인물은 아니었습니다. 포터 장군은 고트섬으로 건너갈 수 있도록 다리를 세운 영웅적 인물이었지만 웨이크로빈 화환을 쓴 수호신은 그 만용에 노해 포터 장군의 청각을 앗아갔습니다. 아마 그가 처음 이 급류에 첫 번째 바위를 옮겨 놓은 순간 수호신의 응징이 시작되지 않았을까요?

예리하고 유쾌한 잭 다우닝은 브라더 조너선을 대표해, 이곳에 펼쳐진 광대한 수자원을 확인하러 왔을 법한 인물입니다. 그리고 아마 이 장관을 배경으로 펼쳐졌던 미국인의 기상, 바로 전투의 역사를 우리에게 빠짐없이 일러주었을 겁니다. 이렇게 아름다운 곳에서 어떻게 서로에게 칼을 겨눌 수 있었는지 정말 의아했지만, 그 아무리 신성한 장소라도 인간의 마음속에 자리 잡은 슬픔과 갈등을 쉬이 가라앉게 할 수는 없었을 겁니다.

이 동네에 사슬에 묶인 채 장난감 취급을 받는 독수리가 살고 있다는 사실도 그에 못지않게 이상한 점이었습니다. 그 독수리를 보니 어린 시절 가끔 창가에 서서 박물관에 묶여 있던 독수리를 보았던 기억이 떠올랐습니다. 사람들은 막대기

1843년 6월 10일, 나이아가라에서

로 그 독수리를 찌르며 즐거워했고, 어렸던 저는 그 모습을 보며 화가 머리끝까지 났었습니다. 하지만 그런 치욕을 견디면서도 독수리는 하늘의 제왕다운 위엄을 잃지 않았습니다. 눈빛은 총기를 잃었고 깃털은 더럽고 초라했지만, 그 슬픔과 퇴색한 권위 앞에서도 왕의 자태와 태도는 여전했거든요.

그 후 다시 하늘의 제왕을 만난 건 화이트마운틴스의 협곡을 막 지나고 있을 때였습니다. 황홀한 석양이 온 땅을 뒤덮고 있을 때 마부가 소리쳤습니다.

"저기 좀 보세요!"

우리는 마부의 손가락이 가리키는 위쪽으로 눈을 돌렸고 곧 산 정상에서 당당한 자태로 천천히 선회하고 있는 제우스의 새를 발견했습니다. 정말 찬란한 모습이었습니다. 하지만 자연이 그에게 부여한 자유와 권위를 마음껏 누리고 있던 모습보다 제게 더 큰 깨달음을 준 건 우리에 갇혀 치욕을 당하던 모습이었습니다. 어린 시절에 저를 바이런식의 염세주의적 분노로 가득 차게 만들었던 바로 그 모습이었죠.

다시 제 눈앞에는 포로로 묶인 독수리 한 마리가 있었고 폭력의 언어를 사용하는 저속한 사람들이 아무렇지 않게 그를 찌르고 때리고 있었습니다. 이런 대우가 그에게 가장 합당한 처사라고 생각하는 듯했습니다. 그는 고개를 돌려 사람들의 존재를 외면했습니다. 마치 플로티노스나 소포클레스가 현대 평론가들의 의견 따위는 가볍게 무시했을 것처럼 말입니다. 그는 비록 날개가 부러진 비참한 처지였지만 폭포수의 물소리에 귀를 기울이며 자신과 천성이 닮은 폭포가 자유롭게 흐르고 있다는 사실에 위안을 느끼고 있었는지 모릅니다.

나이아가라의 은둔자 이야기는 조금 흥미로웠습니다. 이렇게 아름다운 장소에 머물던 사람들이 계속 이곳에 머물지 않고 떠나버렸다는 것은 정말 신기한 일입니다. 자연의 아름다움에 영혼이 깊이 빨려 들어가는 듯한 경험을 하고서도 사람들은 다시 쉽게 속세의 흐름에 휩쓸려 살아가게 됩니다. 성 프렌치스카가 나무 침상에서 은둔할 때는 하늘의 별과 태양 외에 아무도 그의 얼굴을 본 이가 없었다고 합니다. 그 옛 일화를 생각하면, 이렇게 유명한 관광지에서 은둔자를 자처하고 나섰다는 사실이 조금 터무니없게 느껴지는 것도 사실입니다.

이곳에는 '폭포 안내인'이라는 글자를 모자에 새기고 다니는 사람도 있었습니다. 만약 그런 문구를 달고 다니는 사람이 없었더라면 대체 누가 하늘에 떠 있는 달처럼 자연스러

1843년 6월 10일, 나이아가라에서

운 그것의 존재를 다른 사람에게 물어볼 생각을 할 수 있었을까요? 하긴, 셰익스피어의 작품을 읽는 데도 주석서가 필요하고, 성경의 4대 복음서도 하나의 통일된 복음서로 체계화하려는 마당에 그리 놀랄 일도 아닙니다.

제가 글로 전할 수 있는 이야기는 여기까지입니다. 조금이라도 매력적으로 전달되었을지는 모르겠습니다. 잠깐이라도 나이아가라의 생명력 넘치는 모습을 직접 눈에 담아 본 사람이라면 이런 설명이나 표현이 그저 문장 속에서 잠시 쉼을 허락하는 쉼표나 세미콜론 정도로 하찮게 느껴질지도 모릅니다. 하지만 직접 경험해 보지 못한 사람들에게는 전혀 다를 수도 있겠죠. 나이아가라에 직접 와 보기 전에 접했던 책이나 음악이 저에게는 그토록 매력적이었던 것처럼 말입니다.

그린우드 씨의 말은 제게 큰 울림을 주었습니다. 나이아가라 폭포를 직접 본 날에는 그 경이로움을 실감하지 못하다가 다음 날 아침에 눈을 뜨고 나서야 어제 본 풍경이 이제는 사라져버리지 않았을까 하는 의심이 들면서 비로소 자신이 어떤 경험을 했는지 깨닫게 된다더군요. 그 말을 생각하면 저는 꽤 유쾌한 기분이 듭니다. 왜냐하면 저는 그린우드 씨와 정확히 반대되는 경험을 했거든요. 세상의 모든 위대함은 각 사람에게 서로 다른 고유의 방식으로 영향을 미치기 마련입니다. 그리고 이렇게 서로 다른 감상을 이야기한다는 건 우리 각자가 느낀 감정이 모두 진짜라는 증거이기도 합니다.

끝으로 다른 누군가의 경험을 짧게 덧붙여보려고 합니다. 제가 쓴 글보다 훨씬 훌륭한 글이라고 생각합니다. 훨씬 단순하면서도 개인적인 이야기를 담고 있거든요.

나는 '지상의 경이로움'이라 부를 수 있는 그곳을 이미 떠나왔고, 그때의 짜릿했던 감정들도 모두 사라졌다. 그러니 이제는 그때의 감정을 자세히 분석하고 그 영원의 아름다움이 내게 남긴 흔적을 세밀하고 정확하게 들여다보는 것도 그다지 불경스러운 일은 아닐 듯하다. 한낱 인간으로서 그렇게 장엄한 풍경 앞에 서려면 그것의 존재 앞에 자신을 온전히 내어줄 준비를 해야 한다. 하찮은

1843년 6월 10일, 나이아가라에서

자아와 마음을 내려놓기 위해. 보잘것없는 벌레 한

마리가 이 거대한 폭포의 끝자락까지 기어 올라와 그

작은 가슴으로 전율을 느끼며 이 모든 것이 자신을

위해 준비된 것이라고 착각한다면 우리는 그 벌레를

비웃을까? 아니다. 오히려 그 벌레를 연민할 것이다.

폭포 근처까지 다가가니 왠지 모르게 엄숙한

경외심이 내 안에 스며들기 시작했고, 끊임없이

몰아치는 급류 소리를 들으며 곧 맞이할 숭고한

마음의 변화를 경건하게 준비하게 되었다. 하지만

무슨 일인지 호텔에 도착하고 나서는 내 일생의

염원이었던 그 순간을 맞이하는 일에 오히려

무덤덤해지는 기분이었다. 의미 없이 객실 안을

두리번거리며 다니다 벽에 붙은 전단을 읽기도 하고

투숙객 명단을 훑어보다가 아는 사람의 이름을

발견하고는 그가 아직 호텔에 묵고 있는지 확인해

보기까지 했다. 왜 그렇게 머뭇거렸는지 알 수는

없지만 아마도 자연이 신을 위해 건축한 그 신성한

성전에 들어가기에는 나 자신이 너무 무가치한

존재라고 느껴졌던 것 같다.

하지만 나는 결국 천천히 그리고 신중한 태도로 고트섬까지 이어지는 다리 위에 올랐다. 그 연약한 지지대에 몸을 맡기고 선 채 약 400미터의 규모로 쏟아지는 급류를 발견했고 끝없이 이어지는 그것의 포효를 들을 수 있었다. 터질듯한 감정이 나를 압도하기 시작했다. 목구멍에서는 울컥하는 무언가가 올라왔고, 혈관을 타고 저릿한 전율이 흘렀다. 빠르게 도는 혈액이 손가락 끝까지 흘러내려가 물결치는 듯한 기분이었다. 이곳에 와 폭포를 보며 느낀 감격의 절정이었다. 이곳에 있는 미국령이나 영국령 폭포 중 그 어떤 것도 그 급류를 마주했을 때보다 더 강렬한 느낌을 주지는 못했다. 나는 폭포를 보러 갈 때마다 미리 갖은 설명과 사진을 통해 그 경이로움을 맞을 마음의 준비를 마치곤 했다. 그런데 막상 그 장소에 도착해서는 '사진에서 봤던 거랑 똑같네!' 정도의 감상만을 가졌을 뿐이다.

테라핀 다리에 도착했을 때였다. 나는 다리의 웅장함에 압도되어 그 아찔한 높이에서 몸을 떨며

1843년 6월 10일, 나이아가라에서

뒤로 물러나리라 예상했다. 또 한없이 놀라움과
외경심을 가지고 끝없이 밀려드는 그 거대한 물살을
넋 놓고 바라보리라 기대했다. 하지만 어찌 된
일인지 나는 두 눈에 보이는 장면과 그전에 보고
들었던 내용을 비교하는 데만 집중하고 있었다. 나는
잠깐 그 풍경을 바라보다가 실망에 가까운 감정을
느끼며 다른 곳을 둘러보기 위해 몸을 움직였다.
내가 무언가를 착각한 나머지 그런 풍경을 보면서도
놀라운 감정을 느끼지 못한 것이 아닌지 확인해 보고
싶었다. 하지만 비들의 계단에서도, 강 한가운데서도
심지어는 테이블 록 아래에서도 여전히 모든 게
공허하고 또 공허할 뿐이었다.
나는 엉뚱한 곳에서만 감격에 찼던 스스로의
우둔함에 실망해 호텔로 다시 발걸음을 옮겼다.
그리고 그날 오후에 바로 버펄로로 떠나기로 했다.
하지만 그날 역마차는 떠나지 않았다. 나는 해가
진 후 화려한 달이 떠오르자 다리로 내려가 난간
위에 몸을 기댔다. 격렬한 급류의 소용돌이가 온
힘을 다해 몰아치고 있었다. 장엄하고 찬란했다.

노란 달빛 아래 부서지던 파도는 마치 까만 바위에
엉켜 있는 적갈색의 머리칼처럼 보이기도 했다.
하지만 그 광경은 더 이상 조금 전처럼 내게 감격을
주지 못했다. 훨씬 더 거대한 무언가가 곧 몰려와
다른 감정들을 모두 삼켜버리려 한다는 직감이
밀려들었기 때문이다.

나는 다시 테라핀 다리로 발걸음을 돌렸다. 그곳은
모든 것이 변해 있었다. 밝을 때는 뿌연 안개 속에서
다채로운 왕관을 쓰고 있던 폭포가 이제는 그
머리 위에 활 모양의 은백색 달무지개를 걸쳐두고
있었다. 멀리 보이는 물 표면 위로 달빛이 선사하는
시적 모호함이 흐릿하게 서려 있었고, 달의 빗줄기
속에서 급류가 반짝이며 스쳐 지나가는 동안 폭포
밑 강은 밤처럼 깜깜했다. 다만 하늘이 반사되어
비치는 곳만은 푸른 강철 방패처럼 차갑고 단단했다.
이제 그곳에는 쌍안경으로 폭포를 들여다보며 떡
벌어진 입으로 감탄을 내뱉는 관광객들도 없었고
태곳적부터 이곳에 자리 잡고 있었던 강의 회백색
머리칼을 그림으로 옮기는 이도 없었다. 모든 것이

1843년 6월 10일, 나이아가라에서

자연의 웅장함과 조화를 이루고 있었고, 나는 그

장면을 한없이 바라보았다. 그리고 그 순간 끊임없는

변덕과 불변의 아름다움이 하나로 어우러지는

모습을 목격했다. 거센 물줄기들은 바위 절벽을

무너뜨리기로 서로 약속이라도 한 듯 힘을 합쳐

맹렬하게 돌진했지만, 과도한 욕심 때문에 스스로

균형을 잃고 쓰러져 반대편으로 나가떨어지고

말았다. 거품이 되어 흩어진 그들은 결국 물속 깊이

가라앉아 조용하게 다시 흘러갔다.

그제야 나는 이 모든 것을 설계한 이에게 순수한

감탄과 겸허한 외경심을 느낄 수 있었다.

나이아가라를 처음 발견했던 이들은 참으로

복된 사람들이었으리라. 아무런 기대 없이 이런

아름다움을 마주하고, 온전히 자신만의 감상을 가질

수 있었을 테니.

나이아가라 폭포를 보고 감격에 찼던 루이 헤네핀

선교사는 이런 말을 남겼다.

"오! 위대한 물의 낙하여! 놀랍고 눈부신 모습으로

떨어지는 거대하고 경이로운 물의 약동이어라!

이 천하에 그대와 견줄 만한 아름다움은 존재하지 않는다네! 이탈리아와 스웨덴의 사람들은 그들의 폭포도 이처럼 아름답다고 자랑하지만, 나이아가라 폭포에 비한다면 그들도 그저 초라한 모조품에 불과한 것을."

1843년 6월 10일, 나이아가라에서

사라 마거릿 풀러(Sarah Margaret Fuller, 1810-1850)는 작가이자 여성권 활동가로, 초월주의 운동의 주요 인물로 꼽힌다. 1843년 여름, 풀러는 친구들과 함께 오대호 지역, 일리노이, 위스콘신 등을 여행하며 여행기 《1843년 호수에서 보낸 여름》(*Summer on the lakes, in 1843*)을 썼다. 이 시기에는 1837년부터 이어진 세계 대공황 사태가 한창 진행 중이었고, 당시 지식인들은 자본주의 문명의 진보성에 강력한 의문을 제기하고 있었다. 풀러와 가깝게 지냈던 보스턴의 급진적 부르주아 지식인들은 세상이 상업 정신의 지배로 심각하게 왜곡되었다고 여겼고, 이러한 문제의 해법으로 시골과 황야의 풍경 속에서 다시 자연의 법칙과 연결되고자 했다.

이 글은 《1843년 호수에서 보낸 여름》의 첫 장을 장식한 글이다. 이상화된 자연과 상업적인 세상을 의도적으로 대립시키던 당시 지식인들의 특징이 서신 형식으로 발표된 풀러의 여행기에도 두루 스며들어 있다.

들꽃 한 다발

A Bouquet of Wild Flowers

— 로라 잉걸스 와일더

오늘 아침, 우리 집 양반이 들꽃 한 다발을 건넸다. 그이는 예전부터 늘 그랬다. 정원에서 기른 꽃이 아니라 숲과 들에서 피어난 들꽃을 꺾어다 준다. 내 눈에도 그런 들꽃이 훨씬 예쁘다.

오늘 받은 꽃다발에는 자주색 붓꽃 한 송이가 들어 있었다. 맨발로 뛰놀던 어린 시절, 너른 들판과 개울가에 핀 붓꽃을 꺾어 모으던 기억이 떠올랐다. 개울가 한쪽 축축한 둔덕에는 새파란 풀이 무성하게 자랐는데, 소들이 그쪽 풀을 유난히 좋아하여 해 질 녘 소를 찾으러 나가면 언제나 그 자리에 모여 있었다. 껑충한 수풀 사이로는 자주색과 흰색 붓꽃이 드문드문 피어 있었고, 나는 그 고요한 들판 귀퉁이에 서서 황소와 점박이 소, 얼룩소가 하루를 마무리하며 싱그러운 풀을 마저 뜯는 모습을 지켜보곤 했다. 나는 언덕 너머로 내려앉는 석양을 바라보았고, 물이 졸졸 흐르는 개울과 자주색 붓꽃을 사랑했고, 맨발에 전해지는 부드러운 풀의 감촉을 느끼며 세상의 아름다움에 마음을 빼앗겼다.

✳

꽃다발 속 잔잔한 패랭이꽃은 전혀 다른 추억을 떠올리게 했다. 시골 학교에 다니던 시절, 창문 하나가 깨져 그 아래로 유리 조각이 흩어져 있었다. 학교에 갓 입학한 여자아이 몇 명이 패랭이꽃을 한 줌씩 꺾어 들고 창 아래 올망졸망 모였다. 누군가가 꽃송이를 떼어 꽃잎에 물을 바르면 유리 조각 위에 붙일 수 있다는 걸 알아냈다. 우리는 함께 어울려 꽃을 붙였다. 유리에 붙여 말린 꽃은 한참 동안 그대로 남아 있었다. 반짝이는 유리 너머로 보는 꽃은 무척이나 예뻤다.

그해 여름 학교에서 배운 건 다 잊어버렸지만, 유리에 패랭이꽃을 붙여 만들었던 아름다운 화환과 별, 온갖 모양은 아직도 생생히 기억난다. 오늘 아침 패랭이꽃의 은은한 향을 맡는 순간 다시 어린 시절로 돌아간 기분이 들었다.

하얀 꽃잎에 금빛 꽃술이 박힌 작은 데이지꽃은 주일학

들꽃 한 다발

교로 가는 길가를 따라 빼곡히 피어 있었던 꽃이다. 아버지와 언니와 나는 일요일 아침마다 2마일 반(약 4킬로미터)을 걸어 교회에 갔다. 말들은 일주일 내내 열심히 일했으니 이날만큼 은 쉬어야 했고, 어머니는 아직 어린 남동생과 함께 집에 남 아 있곤 했다. 그래서 아버지, 메리 언니, 나 이렇게 세 사람 만 따스한 봄 햇살을 받으며 교회까지 걸었다.

이제는 그 시절 주일학교에서 뭘 배웠는지도 기억나지 않는다. 그때는 어렸으니까. 하지만 지금도 선명히 떠오르는, 굽이굽이 이어지던 푸르른 초목, 어룽어룽 어우러진 햇살과 그늘, 오솔길을 따라 흩뿌려져 있던 아름다운 금빛 꽃술의 데 이지 꽃.

아! 벌써 오래전 일이다. 그 사이 세상이 많이 달라 졌으니 사소한 기억은 전부 잊었을 줄 알았는데 아니었던 모 양이다. 이제야 조금 알 것 같다. 그렇게 잔잔하고 소소한 순 간들이 인생에서 진정 소중한 추억이 아닐까.

까마귀가 반짝이는 조약돌을 모으듯, 우리는 필요하지 도 않은 것들을 산뜩 쌓아놓고 산다. 앵무새처럼 내내 지껄이 다가 그 말의 의미조차 잃곤 한다. 그럴듯한 말을 이리저리 쫓아다니고, 오래된 생각을 번지르르한 말로 잔뜩 꾸며 정작 그 생각 자체는 포장에 가려져버린다. 깡마른 사람이 풍성한 배럴스커트를 입으면 영락없이 묻혀버리는 것과 같다. 그런데도 다들 으스대며 외친다. "봐, 내가 얼마나 놀라운 생각을 해냈는지!"

성경에 '해 아래 새것은 없다'(구약성경 전도서 1:9)는 구절이 있다. 내 생각에 이 말은, 인생의 진리와 법칙에는 한계가 있어서 우리가 아무리 멀리 나아갔다고 생각하더라도 그 범위를 벗어날 수는 없다는 뜻이다. 삶을 아무리 복잡하게 쌓아 올려도 우리는 언젠가 다시 그 진리를 마주하게 되고, 결국 먼 길을 둘러 같은 자리로 돌아왔음을 깨닫게 된다.

러시아 혁명도 마찬가지다. 혁명 후 러시아 국민은 오히려 중세 초기에 존재했던 자치적인 통치 형태로 되돌아간 것에 불과하니, 공화국이라는 체제 또한 결코 새로운 것이 아니다. 나는 차라리 우리 각자의 삶에 개인적인 혁명이 일어나 더 단순하게, 살고 더 명료하게 생각하는 삶으로 돌아간다면 훨씬 행복해질 거라고 생각한다.

삶을 진정 살 만하게 만드는 건 언제나 단순한 것들이다. 사랑과 의무, 일과 휴식, 자연을 가까이 두고 살아가는 소

소한 기쁨 같은 것 말이다. 온실에서 자란 그 어떤 꽃도 내가

받은 들꽃 한 다발의 아름다움과 향기로움에 견줄 수 없다.

로라 잉걸스 와일더(Laura Ingalls Wilder, 1867-1957)는 《초원의 집》(*Little House on the Prairie*, 1932-1943) 시리즈 작가로 잘 알려져 있다. 미국 개척 시대의 거친 자연 속에서 자라며 어릴 적부터 자주 이사를 다녔던 그녀의 글에는 그 시대의 들판과 숲에 자라던 들꽃이 자주 묘사된다. 이 글 〈들꽃 한 다발〉은 와일더가 쓴 짧은 수필로, 평생 그녀와 함께한 자연과 정원, 들꽃에 대한 애정이 섬세하게 드러나 있다.

이 글은 1917년 미주리주의 농가와 농민을 대상으로 농촌 산업과 생활 정보를 다루던 지역 농업지 〈미주리 루럴리스트〉(*Missouri Ruralist*)에 실린 글로, 당시 와일더는 이 잡지에 정기적으로 글을 기고하며 시골의 일상과 사색을 나누었다. 짧은 글이지만, 와일더는 문명과 발전이 삶을 풍요롭게 만든다는 믿음의 이면을 꿰뚫어보며 인간 본연의 가치와 단순한 삶을 향한 자신의 신념을 잔잔히 드러낸다.

들꽃 한 다발

비가 드문 땅

The Land of Little Rain

메리 헌터 오스틴

시에라네바다산맥에서 동쪽, 파나민트와 아마고사 계곡에서 남쪽, 그렇게 동쪽과 남쪽으로 수 킬로미터에 걸쳐 경계를 잃어버린 고장이 있다.

유트족과 파이유트족, 모하비족, 쇼쇼니족이 그 고장의 변경에 거주하며 사람이 갈 수 있는 가장 깊숙한 심장부까지 들어간다. 법이 아니라 땅이 그 한계를 정한다. 지도에서 그곳은 사막이라는 이름을 걸치지만 원주민들이 부르는 이름이 더 낫다. 사막은 그 어떤 사람도 먹여 살리지 않는 땅을 느슨하게 가리키는 말인데 그 땅을 그런 목적으로 길들일 수 있는지 어떤지는 증명되지 않았다. 아무리 공기가 건조하고 땅이 척박해도 생명이 없지는 않다.

　그 고장의 특징은 이러하다. 혼돈을 비집고 솟아오른 듯한 둥그스름하고 뭉툭하고 그을린 은백색과 주홍색 산들이 설선(雪線)을 향해 몸을 밀어올린다. 산 사이사이에는 고도가 높아 보이는 평원들이 견딜 수 없이 눈부신 빛에 휩싸여 있거나 계곡들이 파르스름한 안개에 잠겨 있다. 산 표면은 화산재와 풍화되지 않은 검은 용암류 자국이 긴 줄무늬를 긋는다. 비가 내린 뒤면 물길이 막힌 작은 골짜기의 우묵한 곳에 빗물이 고였다가 이윽고 증발하면서 마르고 단단한 사막의 맨바닥이 드러나는데, 이 고장에서는 이를 마른 호수라 부른다.

　산이 가파르고 비가 많은 곳에서는 웅덩이가 마르지 않지만, 물이 탁하고 쓰며 테두리에 백화된 알칼리성 침전물이 둘려 있다. 초목이 자라는 습지를 따라 침전물이 얇게 덮인 모습은 아름답지도 싱그럽지도 않다. 바람에 뻥 뚫린 넓은 황무지에서는 모래 더미들이 키 작은 관목을 휘감으며 이동하고 모래 더미 사이로 보이는 흙에는 소금기가 눈에 띈다. 이곳에서 산을 깎는 것은 물보다는 바람의 일이지만 가끔 돌연한 폭풍우가 불어닥쳐 여러 해가 흘러도 아물지 않을 상처를

비가 드문 땅

남기기도 한다. 서부 사막의 가장자리에는 그 유명하고 험준한 그랜드캐넌의 축소형을 빚다 만 듯한 곳들이 있고, 이 고장에 계속 머물다 보면 언젠가는 그런 곳들을 마주치게 된다.

구릉지대이니 샘을 찾을 수 있으리라 기대하겠지만 의지할 만한 샘들은 아니다. 샘을 발견하더라도 염분이 있고 유해하거나, 아니면 목마른 대지를 천천히, 감질나게 적시며 사람을 미치게 한다. 이곳에서는 데스밸리의 뜨거운 분지를 만나거나, 아니면 한기가 맴도는 가파르고 높은 구릉지대를 만나게 된다. 기울어진 메사(가장자리는 가파른 절벽이고 위쪽은 평평한 탁자 모양의 건조 지형)에서는 길게 휘몰아치는 바람과 숨막히는 정적 속에 모래 회오리가 빙글빙글 춤을 추면서 창백하고 너른 하늘로 솟구쳐오른다. 온 땅이 비를 달라 울부짖어도 비가 내리지 않거나, 아니면 집중 호우가 짧고 격렬하게 쏟아진다. 강이 사라진 땅, 사랑할 만한 것이 거의 없는 땅이지만 한 번 오고 나면 다시 돌아올 수밖에 없는 땅이다. 그렇지 않다면 이 땅에 관해 전해지는 이야기가 거의 없었을 것이다.

이 고장의 계절은 셋으로 나뉜다. 유월부터 십일월까지 뜨겁고 고요한 대지는 후려치는 폭풍에 시달리며 끙끙 앓는다. 그 뒤 사월까지는 드문 비와 더 드문 눈으로 목을 축이며 열기를 식히고 서늘해진다. 사월부터 다시 뜨거운 계절이 돌아올 때까지는 꽃이 피고 밝게 빛나며 유혹적이다. 이런 계절은 얼추 나눈 것일 뿐이다. 비를 실은 바람이 캘리포니아만에서부터 콜로라도강 수문으로 올라오는 시점이 더 느릴 수도, 더 이를 수도 있고, 땅은 그렇게 비에 따라 계절을 결정한다.

사막의 식물군이 계절의 한계에 쾌활하게 적응하는 모습은 우리를 부끄럽게 한다. 식물들이 할 일은 꽃을 피워 열매를 맺는 것이 전부고, 그들은 이 일을 근근이 해내기도 하고 비가 허락한다면 열대처럼 풍요롭게 해내기도 한다. 데스밸리 탐험대의 보고서에 따르면 비가 많이 내린 어느 해 뒤 콜로라도 사막에서 3미터 넘게 자란 아마란서스 표본이 발견되었다. 이듬해 같은 장소에서는 같은 종 식물이 가뭄 때문에 10센티쯤 자랐다. 땅이 인간들에게도 그와 비슷한 자질을 키워주어, 건성으로 노력하는 게 아니라 정말 해내게 한다면 좋겠다.

비가 드문 땅

사막의 풀들은 그 종이 원래 자라는 만큼 완전히 자랄 때가 드물다. 극심한 건조함과 극도로 높은 고도 때문에 식물들이 왜소해지므로 평범한 기온에서는 보기 좋게 성장했을 식물이 시에라네바다산맥 고지대와 데스밸리에서는 축소형으로 발견된다. 사막 식물은 수분 증발을 막는 방책이 많다. 모서리가 해를 향하게 잎을 세우고, 솜털을 키우고, 끈적이는 수지를 분비한다. 사막을 길게 훑고 지나는 바람은 그들을 괴롭히기도, 보호하기도 한다. 단단한 줄기 둘레에 모래 언덕을 쌓아올려 에워싸고 보호하므로 사람 키 세 배가 되는 그런 모래 언덕 위로 메스키트처럼 무성한 가지가 꽃을 피우고 열매를 맺는다.

사막에는 지표면 몇 피트 아래에 마실 만한 물이 있는 지역이 많은데 메스키트와 다발풀(*Sporobolus airoides*)로 그런 곳을 알 수 있다. 상상하지 못한 도움이 이렇게 가까이 있었다는 사실이 사막에서의 죽음을 비극적으로 만든다. 데스밸리에 그토록 붉긴한 이름을 안겨준 그 불행한 무리가 끝내 쓰러진 곳 가까이에도 그들의 목숨을 구했을 얕은 샘들이 있었다고 한다. 그러니 그들이 어떻게 알았겠는가?

준비만 충분히 한다면 이 무시무시한 분지를 안전하게

건널 수 있지만 해마다 사망자가 생기고, 어떤 단서도 기억도 남기지 않은 채 햇볕에 바싹 마른 미라들이 발견된다. 갈증을 대수롭지 않게 여기거나 길을 잘못 들거나 흐르는 물을 찾던 곳에서 마른 샘을 발견한다면 방법이 없다.

샘과 감춰진 물길 근처 축축한 땅에는 물을 좋아하는 식물이 놀랍도록 무성하게 자라지만 진짜 사막은 특정 서식지마다 사막만의 식물종을 키워낸다. 비탈이 얼마나 비스듬한지, 언덕이 어느 방향을 향하는지, 토양 구조가 어떠한지에 따라 자라는 식물이 다르다. 남쪽을 바라보는 언덕들은 대개 헐벗고, 이런 지형에서는 낮은 수목한계선이 수백 미터쯤 올라간다. 동서로 뻗은 계곡에서는 한쪽 면이 헐벗은 반면 다른 쪽 면은 초목으로 덮인다. 마른 호수와 습지 주변에는 목초가 정연하고 가지런하게 자란다. 대부분의 식물종이 서식지의 경계가 명확해서 이 말 없는 땅에서 사막 여행자들에게 위치를 알려주는 최고의 지표가 된다.

혹시 의심이 든다면 사막 초입에는 크레오소트(방부 효능이 있어서 독일 과학자 카를 루트비히가 그리스어로 ‘살’을 뜻하는 ‘kreas’와 ‘보존’을 뜻하는 ‘soter’를 결합해 ‘크레오소트’라는 이름을 붙였다) 관목이 자란다는 걸 알아두라. 이 불사신 같은 관목은 아래로는 데스밸리까지, 위로는 수목한계선까지 퍼져 자라는데, 이름에서 짐작할 수 있듯 강한 향과 약성을 지니며 막대 같은 줄기에 자잘하고 섬세한 잎들이 달려 반짝인다.

황무지의 회색과 연녹색 관목들 사이에서 크레오소트의 생생한 초록은 눈에 은총을 베푼다. 봄에 크레오소트는 점도가 높은 수지를 분비하는데 이 지역 원주민들은 이 수지에 돌가루를 섞어 화살촉을 화살대에 고정한다. 식물 세계의 어떤 효능도 놓치고 싶지 않다면 원주민들을 신뢰하길.

제대로 자라지 못한 유카나무만큼 사막의 특성을 잘 보여주는 것이 없다. 우뚝 솟은 메사들에는 기후에 시달려 앙상해진 유카나무들이 음울하게 서 있다. 특히 샌호아킨계곡의 남쪽 끄트머리를 가로지르는 구릉을 시작으로 해안가 구릉들이 시에라네바다산맥과 만나 동쪽으로 부채꼴을 그리며 퍼지는 삼각형 지대에서 이런 유카나무들을 볼 수 있다.

유카나무에는 총검처럼 뾰족한 잎이 빽빽이 달리는데 색은 칙칙한 녹색을 띠며 나이가 들수록 텁수룩해진다. 이들

위로 원추꽃차례들이 솟아올라 냄새가 고약한 푸르스름한 꽃을 피워낸다. 유카나무는 천천히 죽고 난 뒤 텅 빈 그물 같은 목질의 뼈대로 유령처럼, 썩을 힘조차 없이 남아 달빛 아래 스산한 기운을 내뿜는다. 봉오리가 꽃을 피우기 전 달콤한 수액이 가득하고 아직은 크림빛에 작은 양배추만 한 원뿔 모양일 때 원주민들은 단검 같은 잎들 틈에서 이들을 솜씨 있게 꺾어내 별미로 구워 먹는다.

그래서 사람이 사는 곳에는 나무형 유카(Yucca arborensis)의 어린 개체를 거의 볼 수 없다. 다른 종류의 유카들, 선인장들, 키 작은 풀들, 아주 다양한 식물들을 해안가 구릉지대에서 동쪽으로 이동하는 동안 마주치게 된다. 사막 식물이 성글게 자라는 이유는 토양이 척박하거나 식물종의 특성 때문이 아니라 식물 하나하나에 더 많은 공간이 필요해서다. 수분을 많이 흡수하려면 그만한 땅을 차지해야 한다. 생존을 위한 진짜 투쟁이 벌어지는 곳, 식물의 진짜 두뇌는 땅 밑에 있다. 땅 위는 원만하고 완벽한 성장을 위한 공간이다. 황량하기로 유명한 데스밸리에서 확인된 식물종이 200종에 달한다.

태양에 의해 갑자기 구분되는 낮은 수목한계선은 만년설이 시작되는 경계선이기도 한데, 그 위로 가면 거의 바닥까

비가 드문 땅

지 가지를 드리운 피니언 소나무와 노간주나무가 있고, 라일락과 세이지도 보이고 스트로브 잣나무가 듬성하게 흩어져 있다.

자가수정이나 바람수정을 하는 식물이 크게 우세하지 않은 편이고 곳곳에서 곤충이 필요하며 곤충의 흔적이 보인다. 씨앗과 곤충이 있는 곳에는 새와 작은 포유류가 있는 법이고 이런 동물이 있는 곳에는 살금살금 움직이며 날카로운 이빨로 이들을 잡아먹는 동물이 있기 마련이다. 이 외로운 땅의 심장부로 아무리 깊숙이 들어간다 해도 삶과 죽음의 장면을 피하지는 못한다.

얼룩무늬도마뱀이 스르르 바위틈을 드나들며 뜨거운 흰모래 위에서 숨을 헐떡인다. 새들이, 심지어 벌새까지 선인장 덤불에 둥지를 튼다. 딱따구리는 사나운 유카나무의 친구다. 나무도 없는 황무지를 밤에 우는 흉내지빠귀의 노랫소리가 가득 채운다. 여름이고 해가 진 뒤라면 굴올빼미 울음이 들릴 것이다. 털 달린 이상하고 영리한 동물들이 탁 트인 공간을 휙 가로질러 가거나 키 큰 크레오소트 관목에 가만히 앉아 있다. 시인은 "총 없이 모든 새의 이름을 부를"(랄프 왈도 에머슨의 시 "관용forbearance"의 첫 구절) 수 있었을지 몰라도 비가 없는 고장의 지상에서 요정 같은 발로 은밀하게 움직이는 작은 동물들의 이름은 대지 못할 것이다. 이들은 너무 많고 너무 빠르다. 사람들은 모래에 찍힌 발자국을 보기 전에는 이들이 얼마나 많은지 믿지 못한다.

낮이 너무 뜨겁고 눈부시다 보니 이런 동물들은 대개 야간 근무자다. 소 떼가 없는 사막 한복판에 이르면 동물의 사체를 먹고 사는 새들이 없지만 계속 가다 보면 비스듬히 나는 이 새들의 날개가 당신을 따라다니며 그림자를 드리울 것이다.

이 고장에서 사람만큼 큼직한 것은 눈에 띄지 않을 수 없고 이 땅이 이방인을 어떻게 대하는지 그들은 잘 알고 있다. 이 땅에서 동물들이 왜 새로운 습성을 키울 수밖에 없는지 이해할 만한 단서들이 있다.

늦봄에는 일조량이 급격히 증가하므로 알을 품는 새들은 평소와는 반대로 알을 품는다. 알을 따뜻하게 해주는 게 아니라 시원하게 해줘야 한다. 리틀앤털로프계곡에서 숨 막히도록 뜨거운 어느 봄에 나는 들종다리 한 쌍의 둥지를 지날 일이 자주 있었다. 이들의 둥지는 안타깝게도 매우 호리호리한 풀에 자리하고 있었다. 나는 해 질 녘 말고는 그들이 앉아 있는 모습을 보지 못했다. 한낮에는 가엾게도 부리를 벌리고 반쯤 기절한 채 서 있거나 기운 없이 둥지 위로 늘어져서는 그들의 소중한 보물을 뜨거운 태양으로부터 지키고 있었다. 가끔은 둘이 함께 날개를 펴 들고는 둥지에 그늘 한 점을 드리우기도 했는데, 무척 뜨거운 날씨라 나는 그들에게 동류의식을 느끼며 캔버스 천 조각으로 든든한 쉼터를 만들어주지 않을 수 없었다.

어느 소 방목장을 에워싼 20미터쯤 되는 울타리에는 조금이라도 그늘이 있는 곳이면 어김없이 새 한두 마리가 있었다. 가끔은 참새와 매가 한낮의 하얀 휴전 속에 날개를 축 늘어뜨리고 부리를 벌린 채 맥없이 함께 있기도 했다.

꙲

처음에는 신의 손으로 빚은 것 중 가장 외로운 이 땅에 어떻게 그토록 많은 거주자가 있는지, 그들이 여기에서 무엇을 하며 왜 머무는지 의아해하던 사람도 이곳에 살아본 뒤에는 그다지 의아해하지 않는다. 다름 아니라 바로 이 기다란 갈색 땅에 단단히 사로잡히고 마는 것이다. 색색의 빛깔을 품은 구릉들, 푸르스름한 안개, 봄의 광채에는 세상을 잊게 하는 매력이 있다. 이것들은 시간 감각을 속이는 면이 있어서 일단 이곳에 머물기 시작한 사람은 떠나야겠다고 늘 생각하면서도 자신이 여전히 떠나지 않았다는 사실을 깨닫지 못한다. 이곳에 살아본 사람들, 광부와 소몰이꾼들은 이를 유려하진 않아도 분명하게 표현한다. 욕을 퍼부으면서도 이 땅으로 되돌아온다.

우선 이곳에는 신이 만든 세상 그 어느 곳보다 신성하고 깨끗한 공기가 있다. 언젠가 세상은 이를 알게 될 테고, 바람 부는 산꼭대기의 오아시스들은 집이 지겨운 아픈 이들을 품고 치유할 것이다. 엄청난 횡재를 약속하는 이곳의 광석과 토류는 물과도 멀리 떨어져 있고 일할 만한 환경도 아닌 탓에 사실상 횡재라 할 수도 없지만 사람들은 그 약속에 홀려 불가능을 시험하려 든다.

솔티 윌리엄스가 봉사습지에서 모하비사막까지 140여 킬로미터를 18-20마리가 끄는 노새 짐마차에 물통을 가득 싣고 다니던 이야기를 들어봐야 한다. 더운 날이면 미치도록 목이 마른 노새들이 물통이 부딪히며 절벅대는 소리에 끔찍하고 고통스럽게 울부짖으며 마구의 쇠사슬이 뒤엉킬 정도로

몸부림쳤다. 그러면 솔티는 뜨거운 태양 광선이 눈을 찌르는 높은 마부석에서 무심하고 단조로운 소리로 욕을 하며 노새들을 진정시켰고 노새들은 결국 제풀에 지쳐 소동을 멈추었다.

그렇게 달리던 길에는 얕은 무덤들이 죽 늘어서 있었다. 뜨거운 계절에 새로 데려온 허드렛일꾼 중 한둘은 쓰러지기 마련이라고 여겨질 때였다. 그러나 솔티는 자신이 데려온 일꾼이 한낮의 휴식 시간에 돌연 쓰러져 죽었을 때 일을 그만뒀다. "날씨가 빌어먹게 덥다"면서. 그는 일꾼을 길가에 묻고 코요테들이 파내지 못하게 그 위에 돌을 쌓았다. 7년 뒤 나는 그 무덤가의 소나무 묘비에서 비바람에 닳지 않아 여전히 선명한 연필 선을 알아볼 수 있었다.

그러나 그 전에 모하비 역마차를 타고 가다가 솔티를 다시 마주친 적이 있었는데 그는 높은 마부석에 앉아 인디언 웰스를 가로지르고 있었다. 볕에 그을린 추수철 달처럼 불그레한 얼굴이 열여덟 마리 노새 위로 피어오른 누런 흙먼지 사이로 보였다. 땅이 그를 부른 것이었다.

사막의 공기에 감도는 신비로움은 전설 같은 이야기들, 주로 사라진 보물에 관한 이야기들을 낳는다. 떠도는 이야기를 믿는다면 이 삭막한 경계 안쪽 어딘가에 금덩이가 널린 언덕이 있다. 순은이 묻힌 광맥도 있고, 원주민들이 순금 알갱이가 반짝이는 점토를 퍼내 그릇을 빚었다는 오래된 강바닥도 있다. 사막 언저리를 떠돌며 황갈색 언덕처럼 그을린 늙은 광부들은 이런 이야기를 제법 그럴듯하게 들려줄 것이다. 이 땅에 잠시 머물고 나면 그들의 이야기를 믿게 될 것이다. 옆으로 기어가며 똬리도 틀지 않고 공격하는 사막의 뿔뱀에게 물리는 게 차라리 나은지, 사라진 광산에 관한 전설에 사로잡히는 게 나은지 모르겠다.

그럼에도, 그럼에도 사막에 대해 글을 쓸 때는 비극적 어조로 빠지는 쪽이 기대에 부응하는 게 아닐까? 비극을 기대할수록 더 많이 얻을 테고, 그러는 사이에 즐거움은 많이 놓치게 된다. 시에라네바다산맥 동쪽 경사면 발치에서 시작해 차츰 고도가 낮아지며 그레이트베이슨 방향으로 이어지는 이 고장에서는 엄청난 활기를 지니고 살아가는 일, 뜨거운 열정과 그윽한 즐거움을 누리는 일, 대서양 연안에서는 주 하나가 될 만한 땅덩이를 위험 없이, 우리가 생각하기에는 특별한 어려움도 없이 매일 오가는 일이 가능하다. 어쨌든 조금이라도 마시면 사실을 있는 그대로 볼 수 없고 눈부시게 낭만적인 색채로 보게 된다는 하사얌파강의 전설(미국 애리조나주에 위치한 간헐하천. 이 강물을 마시면 다시는 진실을 말할 수 없다는 전설이 전해진다)은 이 사막에 대해 글을 쓰기 위해 온 이들이 만들어낸 것이 아니었다. 나는 7년에 걸쳐 이곳을 두 번 방랑하는 동안 분명 그 물을 마셨던 듯한데, 그럴 가치가 있다고 확신한다.

사막은 사람에게 통행료를 물리고, 그 모든 통행료에 빠짐없이 보상한다. 깊은 숨, 깊은 잠, 별들과의 교감으로. 밤의 정적 속에 있노라면 점성술에 능했던 칼데아 사람들이 사막의 부족이었음을 새삼 절실히 깨닫는다. 맑고 드넓은 하늘에서 별들이 또렷하게 뜨고 질 때면 세상의 이치를 통달한 느낌이 들기 마련이다.

별들은 크고 가깝고 두근거리는 것처럼 보인다. 굳이 알릴 필요도 없는 중대한 임무를 수행하기 위해 이동하는 것 같다. 하늘에서 궤도를 따라 움직이는 별들을 보면 세상의 걱정이 중요하지 않게 여겨진다. 사막에 누워 하늘을 올려다보는 사람도, 근처 덤불에 서서 울부짖고 또 울부짖는 깡마른 코요테도 중요치 않다.

비가 드문 땅

메리 헌터 오스틴(Mary Hunter Austin, 1868-1934)은 20세기 초 활동한 미국 작가이자 여성운동가다. 20대에 서부로 이주한 뒤 사막의 풍광에 매료되어 모하비사막 인근에서 12년을 살며 그 경험을 토대로 산문집 《비가 드문 땅》(*The Land of Little Rain*, 1903)을 발표했다. 미국 남서부 건조지대의 기후와 지형, 사람들의 이야기를 담은 이 책은 두 다리로, 때로는 승합마차나 말을 타고 사막을 돌아다니며 자연을 세심하게 관찰하고 편견 없이 사람들을 만난 한 여성의 사막 관찰기이자 인류학 보고서였다.
존 뮤어와 알도 레오폴드의 글에 비견되며 미국 자연 문학의 고전으로 꼽히기도 한다. 이후 오스틴은 소설과 에세이, 희곡 등 여러 장르에 걸쳐 작품을 집필했고 여성 참정권과 아메리카 원주민의 권리 신장을 위해서도 많은 글을 쓰고 발표했다.
이 글은 《비가 드문 땅》의 첫 장이다.

사건의 내막

The Ins and Outs of the Matter

오팔농장 담벼락에 빛과 소리가 기록한 바에 따름

— 메이블 오스굿 라이트

등장인물

고향이 어디인지 알 수 없는 남자: 농장 집 동쪽 공간에 홀로 산다.

아모스 오피: 농장 집의 서쪽 공간에서 산다. 동쪽과 서쪽 두 공간 사이를 오가는 문은 서쪽에서 잠글 수 있다.

마리아 맥스웰: 오피가 다시 아프다는 사실을 알아채고 따뜻한 수프와 약을 건네주러 들렀다.

9월의 그날 저녁, 아모스 오피는 평소보다 더 몸을 가누기 힘들었다. 변덕스러운 날씨 탓인지 모른다. 아니면 이세 어지간히 건강해져서 부엌을 돌아다닐 수 있고 햇살이 밝은 아침에는 우물 옆 그늘진 곳에 앉아 쉴 수 있게 된 탓일지도 모른다. 전에는 마리아 맥스웰이 하루에도 몇 번씩 그에게 들러 약을 건네주고, 종일 우러나 '너무 진한 쓴맛'만 나는 차는 버리고 주전자에 물을 끓여와 막 우려낸 차를 준비해 주었다. 그런데 이제는 아모스에게 들러 챙겨주지 않아도 된다고 생각하게 된 것이다.

이유야 어쨌든 아픈 몸과 마음을 추스르지 못한 아모스는 사람들이 자신을 소홀히 대한다는 생각이 들자 설움이 북받쳐 마음이 상했다. 몇 분을 망설이다가 바로 옆에 사는 블레이크의 거실로 들어가는 문을 열었다. 널따란 거실로 몇 걸음 걸어 들어가 떨리는 목소리로 그를 불렀다.

"블레이크 씨."

하지만 인기척이 없었다. 혼자 사는 그 남자는 저수지에서 아직 돌아오지 않은 것 같았다.

아모스는 방으로 돌아와 흔들의자에 털썩 주저앉았다. 신음이 절로 새어 나왔다. 정말로 어디가 아파서 그런 게 아니었다. 그냥 손을 아래로 떨구고 자신의 처지를 비참하게 여기며 한탄하고 싶었다. 그러곤 혼잣말을 중얼거렸다.

"블레이크 씨가 집에 돌아온 뒤로는 마리아 맥스웰이 예전처럼 자주 오질 않아. 블레이크 씨도 마리아 맥스웰이 혹시 있을까 싶어선지 이 집을 슬쩍 피해 다니고. 그런데 둘 다 이 집을 사고 싶어 하지. 블레이크 씨는 삼천오백 달러를, 마리아 맥스웰은 삼천 달러를 제시했어. 집값만 놓고 보면 삼천 달러가 적당하지. 창틀 새로 하고, 바닥 깔고, 회반죽하고, 지붕널 갈고, 대들보랑 토대는 멀쩡하다지만 집을 제대로 고치려면 천 달러는 더 들 테니까. 그런데 난 사실 이 집을 팔고 싶진 않아. 그렇다고 붙들고 있을 형편도 못 되고! 어떻게 해야 할지 정말 모르겠어. 이제 곧 미스 펜로즈네 꽃기둥 세우는 일을 다시 할 만큼은 몸이 나아졌다고 생각했는데 병이 도지는 것 같아. 오, 이런! 마리아 맥스웰이 갖다준 약을 다 먹었나? 그게 필요한데."

(마리아 맥스웰은 젊은 여성이지만, 사람들이 그의 성을 빼고 이름만으로 그를 이르는 적은 거의 없었다.)

"기운이 조금만 더 있으면 와달라고 소리라도 지를 텐데! 정말이야, 누구든 도와달라고 백번이고 말했겠지."

불이 꺼진 벽난로 앞에서 엎드려 자던 사냥개 데이비드가 일어나 기지개를 켜고 주인에게 다가왔다. 몇 분 동안 주인의 얼굴을 빤히 쳐다보더니 조심스레 그의 손을 핥았다. 개들이 신나서 정신없이 핥아대는 모습과는 거리가 멀었다. 그러더니 고개를 들고 길게 울었다. 우울한 느낌의 울음소리는 이내 울부짖는 소리로 바뀌었다.

아모스가 의자에서 얼핏 잠이 들었던 모양이다. 옆문에서 노크 소리가 나더니, 대답을 기다리지도 않고 마리아 맥스웰이 들어왔다. 어깨에 망토를 두르고 한 손엔 전등을, 다른 손에는 김이 모락모락 나는 주전자를 들었다.

"데이비드가 우는 소리가 들리길래 문가로 나와봤어요. 농가에 불이 꺼져 있어서 무슨 일이 있나 싶었죠. 난로에 불도 없고… 방이 너무 춥네요! 옆에 사는 양반은 어디 갔나요? 장작 몇 개라도 가져다주었으면 이렇지 않을 텐데요!"

"지금 집에 없네." 아모스는 기운이 하나도 없는 목소리로 대답했다. 이때 어떤 생각이 스쳐 지나갔다. 순간 웃음이 날 뻔했지만 꾹 참았다. 하지만 마리아는 아모스의 메마른 목에서 흘러나오는 쉰 목소리를 듣고 숨이 가쁜가 보다고 생각했다. 그녀는 급히 밖으로 나가 울타리 옆 장작더미에서 땔감을 찾아 품에 안았다. 장작을 한 아름 안고 집 밖을 이리저리 돌아보고 있을 때 잔디밭 한가운데로 자전거를 끌고 오는 블레이크의 모습이 언뜻 보였다. 그가 발걸음을 멈췄다. 마리아가 손전등을 들고 있어서 불빛이 닿지 않는 곳은 마리아에게 더 캄캄하게 보일 것으로 생각했기 때문이다.

"마리아 맥스웰! 오피 씨가 또 아픈가요? 그렇게 무거운 걸 들면 안 됩니다!"

단숨에 외친 그가 재빠르게 다가와 마리아의 장작더미를 대신 들었다. 그리고 마리아가 현관에 들어서기도 전에 벌써 벽난로에 불을 피우기 시작했다. 마리아가 램프에 불을 켜고 주홍빛 커튼을 드리우자 벽에 반사된 불빛이 춤추기 시작했다. 순간 우울했던 분위기가 온데간데없이 사라지고 활기가 공간을 가득 메웠다.

아모스는 여전히 축 처진 자세로 앉아 있었다. 마리아는 블레이크에게 도와줘서 고맙다는 말 정도는 건넸지만 더 이상 그에게 눈길조차 주지 않았다. 곧바로 냄비에 담아 온 수프를 데우기 시작했다. 그러면서 아모스에게 물었다.

"침대에 누우면 좀 나아지지 않을까요?"

"글쎄. 앉든 눕든 별 차이가 없을 것 같아."

그가 낮은 소리로 투덜거렸다.

"어찌할지 모르겠어. 계속 힘들어지기만 해, 정말!"

마리아는 그가 몸이 불편하다고 말하는 줄로 알고 얼른 잠자리를 준비했다. 옆에서 지켜보는 블레이크는 무력감을 느꼈다. 집안일이 바쁘게 돌아가는 와중에 제 할 일을 찾지 못하는 남자들이 으레 느끼는 감정이었다. 그는 자리에서 일어나 문으로 걸어갔다. 문고리에 손을 얹고 낮은 목소리로 말했다.

"무슨 일이든 도울 일이 있으면 기꺼이 돕겠습니다. 오피 씨를 혼자 돌보시게 하고 싶진 않습니다. 오피 씨를 침대에 눕히는 데 도움이 필요할 수도 있으니, 제가 있는 게 낫다고 여기시면 말씀하셔도 됩니다."

"솔직히 말하면, 안 그러셔도 돼요."

마리아의 말투는 매우 다정해서 거절하는 느낌이 들지 않았다.

그러자 열린 문이 다시 닫혔다. 마리아는 다소 버겁게 느끼기는 했지만, 노쇠한 아모스를 부축하여 침대로 이끌었다. 그를 침대에 앉힌 후 약을 먹이고 수프를 갖다주었다. 그가 워낙 게걸스럽게 먹는 통에 마리아는 그가 많이 허기졌다는 사실을 눈치채지 않을 수 없었다. 벽난로 앞에 앉은 마리아는 아모스가 아홉 시까지도 나아지지 않으면 바니에게 연락해 밤새 그의 곁을 지켜달라고 부탁해야겠다고 생각했다. 마리아는 돌아가서 아기 돌보는 일을 해야 했다.

마리아는 그 자리에 앉아 조금 모은 재산을 어떻게 투자해 새로운 삶을 꾸릴지 백 번도 넘게 생각했다. 아모스가 그의 농장을 그녀에게 팔아야 한다. 집을 힘들지 않게 유지 관리하려면 집을 어떻게 손봐야 할지, 쾌적한 환경을 조성한 뒤 몸조리나 휴양이 필요한 사람 한둘을 돌보며 함께 살면 어떨지를 구상했다.

같은 사람과 오래도록 사는 것은 내키지 않았다. 처음에는 새로운 사람에게 신선한 활력을 얻지만, 시간이 지나면 무덤덤해지기 때문이다. 하지만 마리아는 염려하지 않았다. 친구들을 통해 경험해서 안다. 도시에서 생활하다 몸과 마음이 피폐해지는 사람은 끊임없이 생겨나기 마련이다.

집을 갖는 것이 가장 중요한 목적이고 손님은 생계에 필요했다. 마리아는 다시 눈을 감고 오래전부터 놀고 있는 비옥한 초원 윗부분을 꽃 농장으로 바꾸는 광경을 상상했다. 그곳에 꽃을 재배해 도시에서 장사하는 유명한 상인에게 꽃을 팔 생각이었다. 예술 감각이 탁월한 그는 동부 해안의 도시 전역에서 자신의 상품을 멋지게 장식하여 판매했다. 마리아가 구상안을 제안하자 그는 마리아의 사업 계획을 긍정적으로 받아들였다.

그 초원은 땅심이 좋아서 주변 지역보다 보름 더 일찍 꽃이 피리라. 마리아는 희귀한 작물을 원하지 않았다. 완벽한 작물을 원했다. 틀을 씌운 홑꽃 제비꽃부터 부활절과 봄날의 결혼식에 쓰일 은방울꽃, 색색깔의 스위트피꽃, 모란, 붓꽃, 글라디올러스, 과꽃, 달리아까지 이 모두를 천이백 평의 땅에 피울 생각에 가슴이 부풀어 올랐다. 이를 발판으로 마리아는 꿈을 키워나갈 것이다. 판로가 이미 확보되었으니. 일만 열심히 하면 성공으로 가는 길에 거칠 것이 없어 보였다.

그래, 일과 농장. 그러고 나서 떠오르는 생각은 사촌 바트럼과 메리 펜로즈처럼 동반자가 있으면 좋겠다는 소망이었다. 사람이 아닌 꽃과 집이 그런 역할을 대신할 수 있을까? 그렇다면 집이란 대체 무엇일까?

이런저런 생각이 얽히고설키다 어느 순간 생각이 멈췄다. 하지만 단 하나, 그 생각만큼은 또렷했다. 음정 하나 제대로 못 맞추는 아이들에게 노래를 가르치는 일은 더 이상 못하겠다는 생각이다. 그 아이들 중 상당수가 외줄 위에서 균형을 못 잡는 소처럼 도무지 음정을 유지하지 못했다. 간혹 재능 있는 아이를 발견해 칭찬하고 관심을 기울이기라도 하면, 일부 학부모가 불만을 품었다. 정치적 영향력이 있는 그들은 편애를 했다며 공식적으로 항의했다. 대도시 공립학교에서 아이들을 가르치면서 경험한 교사의 현실은 바로 그런 것이었다.

바로 그때 장작 하나가 탁 소리를 내며 튀었다. 시계를 올려다보았다. 아홉 시 정각이었다! 마리아는 창문으로 다가가 커튼을 젖혔다. 이맘때쯤이면 북쪽으로 이동하는 그믐달이 생전 처음 보는 자리에서 모습을 드러냈다.

마리아는 아모스를 바라보았다. 그는 상당히 차분해졌다. 분명 잠에 든 것 같은데 어딘지 모르게 불편해 보였다. 무의식적으로 내쉬는 호흡이 불규칙했고, 벽난로 불빛에 생긴 그림자 탓에 그의 얼굴이 야위고 기괴하게 보였기 때문이다.

마리아는 갑작스레 스미는 스산한 기운에 등골이 오싹해지며 공포에 휩싸였다. 머릿속이 희애지며 이미 잘 알고 있었던 맥박 재는 법도 생각나지 않았다. 동네에서 들었던 뇌졸중이나 발작에 관한 온갖 이야기가 퍼뜩 뇌리를 스쳤다. 마리아는 주저하지 않고 벌떡 일어났다. 이 집에 사람이 있다. 지금 내 힘으로는 감당할 수 없는 일이 벌어진 것 같다!

두 거주 공간을 잇는 문으로 다가갔는데 문이 잠겨 있었다. 어느 쪽에서 문을 여는 건지 알 수 없었다. 시계 옆에 기다란 열쇠가 걸린 걸 보고 그 열쇠를 열쇠 구멍에 꽂아보았다. 열쇠가 잘 돌아가길 바랐는데 뜻밖에도 뻑뻑했다. 힘겹게 돌리다 마침내 딱 하는 소리와 함께 문이 열렸다. 거실 안으로 발을 옮기자 집 앞쪽에 불빛이 보였다. 마리아는 그리로 발길을 재촉했다. 테이블 앞에 그 남자가 앉아 있었다. 테이블에는 책, 서류, 제도기 등이 어지럽게 놓여 있었다. 일을 하고 있던 건 아닌 듯했다. 그는 벽난로에서 타오르는 불꽃을 응시하고 있었다. 코트는 벗어두고 창문은 활짝 열어놓았다. 스산하긴 해도 추운 날씨는 아니었다.

그가 마리아의 발소리에 흠칫 놀라 돌아보았다. 문간에 선 마리아를 보자마자 재빨리 코트를 집어 들어 걸쳤다. 교양 있는 남성이라면 존중하는 여성 앞에서 셔츠 차림의 모습을 보이지 않으려는 본능이었다.

"아모스 오피 씨가 위독한 것 같아요."

마리아가 심각하게 말했다. 조금도 주저하지 않았고 폐를 끼친다는 생각도 없었다.

사건의 내막

“의사를 부를까요?”

남자는 손을 뻗어 모자를 집어 들며 물었다. 그리고 벽난로 옆 높은 찬장을 열어 가죽으로 마감된 위스키병을 꺼냈다.

“아니요. 아직은 아니에요. 먼저 와서 좀 봐주세요. 당신의 도움이 필요해요!”

어떻게 해야 할지 묻는 그의 눈빛을 보며 마리아는 단호하게 대답했다.

아모스의 침대 옆에 나란히 선 두 사람은 노인의 눈꺼풀이 가볍게 떨리더니 이내 살짝 열리는 것을 보았다. 남자가 위스키병에 담긴 위스키를 잔에 붓고 물을 더했다. 잔을 아모스의 입술에 갖다 대자마자 위스키는 단 한 방울도 새지 않고 바로 입안으로 흘러 들어갔다!

남자는 아모스의 맥을 짚어보았다. 1분쯤 후 딱 하는 소리를 내며 손목시계 뚜껑을 닫았다.

“오피 씨, 지금은 좀 괜찮으세요?”

그가 곧바로 아모스에게 물었다. 어조에 심각함이 어려 있었다.

“대체 어쩌다 이렇게 되셨어요? 하실 말씀 있으세요? 지금 말씀하셔야 돼요. 우리가 오래 기다리진 못합니다. 맥스웰 양이 이제 집에 가야 하거든요. 이 밤을 저와 함께 보내셔야 하는데, 남자랑 있어서 분위기가 좀 썰렁하긴 하겠어요. 그렇죠, 오피 씨?"

"맞아요, 블레이크 씨, 바로 그게 문제요. 외롭다는 느낌이 드니 속이 뒤집히더군. 솔직히 말하겠소. 당신과 맥스웰 양 두 사람 모두 농장을 사겠다고 한 게 부담이 됐지. 두 사람 모두에게 도움을 줄 수 있으면 좋겠지만 나도 이 농장을 떠나고 싶지 않거든. 이 모든 상황이 너무 버거워서 어떻게 해야 할지 모르겠소!"

"두 사람이라고요? 맥스웰 양도 농장을 사겠다고 했다고요?"

그가 마리아를 향해 몸을 홱 돌리며 물었다.

"왜 농장을 사려는 거죠?"

얼굴이 달아오른 마리아는 나지막이 대답했다.

"여기에서 살려고요! 몇 달 전에 제가 당신에게 비슷한 질문을 했을 때 당신도 같은 말을 했어요!"

"문제가 하나 있는데," 아모스가 말을 이어 나갔다. 이내 눈빛이 더 또렷해졌다. 둘 중 어느 편도 들지 않겠다는 듯 천

사건의 내막

장을 바라보며 말했다.

"블레이크 씨가 맥스웰 양보다 오백 달러나 더 주겠다고 제안했어. 맥스웰 양 편의를 봐주고 싶지만, 거래라는 건 돈을 더 많이 내겠다는 사람과 해야 하는 거잖아. 값을 낮게 부르는 쪽이 따내는 건 도급할 때뿐인데, 나는 평생 그런 식으로 일해본 적이 없어. 그러니 더 많이 주겠다는 쪽을 무시할 수가 없지. 이 문제로 요즘 머리가 터질 것 같아. 난 큰돈을 포기할 수 없어. 게다가 두 사람에게 아직 말 안 했는데, 이 농장을 누가 사든지 간에 한 가지 조건이 있지. 내 여생을 별채에서 보내고 현관 옆 우물물도 사용할 수 있어야 한다는 것! 외로운 홀아비가 과부보다 살기 더 힘들어. 그런데 그걸 안타깝게 여기는 사람이 하나도 없단 말이야."

블레이크가 웃음을 터뜨렸다. 마리아는 그와 눈이 마주치자 그를 따라 실컷 웃었다.

"어떻게 해나가실 계획입니까?"

그가 마리아에게 물었다. 그 말투에는 간섭하려는 기색이 전혀 없었다.

"꽃 농장을 운영하면서 혼자 생활하기 어려운 사람을 둘 정도 돌볼 생각이에요. 아, 성미가 까다롭거나 정신이 불안정한 사람은 받을 수 없고요. 그저 심신이 지친 사람에게 편안한 환경을 제공하고 싶어요.”

말하던 중 마리아의 목이 메었다.

“그러면 저부터 받아주셔야겠군요. 저 하나 건사하는 데도 아주 지쳤거든요. 그리고 여기 오피 씨도 지원자니 당신 요양원은 이미 만원이 된 것 같습니다.”

블레이크는 마리아의 얼굴에서 농담으로 웃어넘길 문제가 아니라는 표정을 읽고 특유의 따뜻한 어조로 말을 이었다. 메리 팬로즈가 좋아하는 다정한 말투였다.

“이렇게 하는 건 어떨까요? 제가 먼저 제안했으니, 제가 이 농장을 사서 집을 손본 다음 3년 동안 당신에게 임대하는 겁니다. 당신 계획이 성공하면 그때 당신이 농장을 살 수 있는 특권을 드리는 조건을 붙이죠. 집이 작아서 남자 둘이 방을 하나씩 갖지 못하면, 제가 오피 씨의 별채와 비슷한 별채를 옆에 증축하겠습니다. 집에 남자가 있는 게 가끔은 편하단 걸 여자들도 잘 알잖아요!”

마리아는 바로 대답하지 않았다. 그저 커튼이 젖혀진 창문을 바라만 보았다. 벽난로의 불빛이 반사된 유리창에 오팔처럼 오묘하고 매혹적인 빛이 어른거렸다. 이윽고 마리아가

몸을 돌리고 입을 뗐다.

"블레이크 씨, 당신 제안을 잘 생각해 볼게요. 단, 모든 일이 엄격하게 사업적인 기준에서 진행되어야 한다는 점을 지켜주세요. 그런데 오피 씨는 지금 어떠신가요? 좀 나아지신 것 같은데, 저는 이제 가봐야 할 것 같아요. 아까는 왜 그렇게 어리석은 생각을 했는지 모르겠어요. 하지만 정말이지 오피 씨가 숨을 쉬지 않는 줄 알았어요. 순간 뇌졸중인 줄 알았죠."

"이제 괜찮아진 것 같네. 마음이 한결 편해졌어."

아모스가 빙그레 웃으며 말했다.

"내일 그 일을 처리해야 하니까 오늘 밤 죽진 않을 테지. 블레이크 씨, 부탁이 있는데, 그 술을 조금만 더 주겠소? 물을 섞지 않고 마실 수 있어. 고맙소!"

블레이크는 마리아를 배웅하러 뮤으로 가는가 싶더니 밤거리까지 선뜻 따라나섰다. 그는 함께 걸어도 되는지 묻지 않았다. 이번만큼은 물어볼 필요가 없다는 듯 그냥 옆에서 걸었다.

마리아가 먼저 입을 열었다. 평소보다 약간 말이 빨랐고

긴장한 기색이 역력했다.

"제가 앞뒤 안 가리고 무턱대고 농장을 운영하려 한다고 생각하시는 것 같은데, 정작 당신은 그 농장을 왜 원하는지에 대해 설명하지 않았어요. 저는 그 이유가 알고 싶어요!"

"설명한 것도 같은데, 안 했다고도 볼 수 있겠네요! 당신이 현재 하는 일에서 벗어나 더 넓은 세상에서 자유롭게 살고 싶어 하는 마음을 충분히 이해합니다. 아니, 글쎄요, 여성의 마음을 읽는 건 아주 오래전에 포기했습니다. 그러다 큰코다치는 경우가 종종 있거든요. 그래도 여성에게 무관심했던 적은 한 번도 없습니다. 그리고… 아모스 오피 씨는 곧 회복하실 거예요. 마음이 정리됐으니까요."

(주위가 밝았다면, 마리아가 남자의 표정을 읽었을 것이다. 아모스가 아무 이유 없이 갑자기 아팠던 게 아니라는 생각이 남자의 얼굴에 또렷하게 드러나 있었다. 마음속에선 그가 꾸민 계략을 용서했지만, 그 표정만큼은 지울 수 없었다.)

"며칠 내로 소유권 이전 서류가 준비되면 앞으로 제 임차인이 되실 분으로서 대낮에 집을 둘러보시죠. 사업 목적에 적합하게 집을 활용하려면 어떻게 수리해야 할지 설명해 주세요. 그래야 나도 앞으로의 계획을 세울 수 있거든요. 오피

사건의 내막

씨가 회복하면 쓸 만한 조수 하나 붙여서 대부분의 일을 직접 해내시지 않을까 싶습니다.”

블레이크가 말을 이었다.

“농장은 언제부터 이용하고 싶은가요? 5월? 그동안 당신이 여기에 상주하면서 모든 일을 직접 감독하면 좋을 텐데, 그러지 못하니 아쉽군요. 내년에 원예를 하려면 지금 당장 목초지를 갈아엎어야 하거든요.”

“5월이면 너무 늦어요. 3월 1일로 하는 게 좋겠어요. 감독 문제는 걱정하지 마세요. 제가 멀리 떨어져 있는 것도 아니고, 올겨울에 사촌 메리가 자기 집에 머물면서 조카와 다른 아이 두 명을 가르쳐달라고 했는데, 그렇게 할지 고민하고 있어요. 그러면 농장 일을 돌아보기가 훨씬 수월할 거예요. 그런데 당신은 제비가 따뜻한 곳을 찾아 떠날 때가 되면 언제나처럼 어디론가 떠나시는 거 아닌가요?”

“오, 그렇지 않습니다. 저수지 공사도 해야 하고, 브리저튼으로 이어지는 송수관을 설치하기 위해 삼형제바위를 뚫는 터널 공사도 해야 합니다. 그걸 깜박하셨군요!”

“그럼, 3월 1일부터 임차하시겠어요!”

그녀는 잠시 머뭇거리더니 고요한 달빛 아래 평화가 내

려앉은 오팔 농장을 뒤돌아보았다.

"단, 보수 공사를 진행할 때 저를 다른 사람과 똑같이 생각해 주세요. 철저하게 사업 목적에만 신경 써주세요. 사업은 어디까지나 사업이니까요. 그걸 명심해 주세요!"

말이 끝나자마자 바로 남자가 물었다.

"제가 왜 당신을 다른 사람과 다르게 대할 거로 생각하십니까?"

그리고 마리아에게 바짝 다가섰다. 둘 사이 거리는 마리아의 표정이 훤히 보일 만큼 가까웠다.

순간 마리아는 궁지에 몰린 듯 당황해서 아무 말도 할 수 없었다. 얼굴을 반쯤 돌려 시선을 피했다. 하지만 찰나에 지나지 않았다. 다시 고개를 돌려 그의 얼굴을 똑바로 바라보며 대답했다.

"당신 같은 부류의 남자들은 항상 여자에게 잘해주잖아요. 작은 일이든 큰 일이든 늘 여자들에게 친절을 베풀지요. 메리 팬로즈에게 물어보세요. 그런 친절이 상처가 되기도 해요!"

"네, 그럼 임대 계약과 관련한 모든 업무는 철저히 사업적으로만 진행하겠습니다. 당신이 직접 수정을 요청하기 전

사건의 내막

까지는 그대로 유지될 겁니다. 단, 주의하세요, 제가 깐깐한 임대인일지 모릅니다!"

그는 잠시 감정을 누그러뜨리더니 불쑥 말을 이었다.

"당신과 나, 여자와 남자입니다. 성격도 비슷하고, 관심사도 같고, 삶에서 가치 있는 게 무엇인지 알 만큼 나이를 먹었습니다. 그런데 왜 이렇게 거리를 두어야 합니까? 내가 오팔 농장을 사게 된다고 해도, 당신이 그곳에 오지 않을 만한 이유가 정말 있습니까? 나에게 한 달, 아니 석 달만 시간을 주시지요. 당신이 나에게 유지하고 있는 이 거리를 조금만 줄여봅시다. 당신의 신뢰를 얻을 기회를 주기 바랍니다! 처음에 제가 너무 무신경해서 당신 사촌 집에서 당신을 무안하게 만들었던 일을 눈치채지 못했다고 칩시다. 그렇다고 우리 사이에 벽을 세우고 계속해서 그 벽을 유지해야 할 이유가 있을까요? 솔직하게 말씀해 주세요. 저를, 싫어하십니까?"

미리아는 두 번이나 무언가 말하려 했지만 말을 잇지 못했다. 하지만 이내 자세를 비로잡고 블레이크의 얼굴을 똑바로 바라보며 말했다.

"맞아요, 제가 거리를 두고 있었어요, 일부러. 당신 말이 맞아요. 하지만 그건…"

여기에서 마리아의 목소리가 흔들렸다.

"당신에게 제 마음이 끌렸기 때문이에요. 그 벽은 당신을 밀어내기 위한 것이 아니라 내 마음을 지키기 위해 세운 거예요."

"그럼 제 계획이 최선이라는 걸 당신에게 설득할 기회를 주시겠습니까?"

"네"라고 대답하는 마리아의 입가에 장난기 어린 미소가 스쳤다.

"당신에게 그럴 시간이 충분히 있을까요?"

"그런 말 말고 격려의 말씀 하나쯤 해줄 순 없나요? 성공을 바란다든가 조짐이 좋다는 말이라도."

"그럼," 마리아가 말을 이었다.

"성공을 빌어요…."

그러면서 그녀는 겉옷 허리띠 안으로 손을 넣어 시계에 달린 작은 샤모아 가죽 주머니를 꺼냈다.

"그리고… 이걸 드릴게요. 당신이 주신 오팔이에요. 당신 말대로라면 이걸 좋은 징조로 받아들일 수도 있겠죠. 세팅되지 않은 나석을 소중하게 간직하는 사람은 별로 없잖아요. 그렇죠?"

사건의 내막

담벼락과 위로 너울거리는 나뭇잎이 달빛을 받아 반짝였다. 담벼락과 나뭇잎에는 입이 없으니 메리 팬로즈는 이 두 사람 사이에 오간 이야기를 영영 알 길이 없을 것이다.

메이블 오스굿 라이트(Mable Osgood Wright, 1959-1934)는 오듀본협회 창설에 기여하고 초대 회장을 지내며 조류 보호 운동을 이끌었다. 작가로서는 '바바라'라는 가명으로 활동하며 자연에 관한 글을 썼고, 틀에 얽매이지 않는 독특한 형식을 구사했다. 1906년에 발표한《정원과 그대 그리고 나》(*The Garden, You and I*)는 자연과 긴밀하게 연결된 사람의 정신을 섬세하게 탐구한 작품이다. 바람의 흐름, 햇빛과 토양의 조화, 자연의 리듬 등을 살피며 정원을 가꾸는 과정에서 피어나는 생의 기쁨, 땅이 만들어내는 놀라운 변화를 전달한다. 책 전반에서 독자는 정원을 가꾸는 일이 자신을 발견하는 길이자 자연을 깊이 이해하는 여정임을 깨닫게 된다.

이 글은《정원과 그대 그리고 나》에 수록된 에세이로, 이웃 정원사 간의 교류가 그려져 있다. 정원을 사랑하는 사람들이 함께 모여 어떤 공동체를 꾸려볼 수 있을까? 희곡의 요소와 소설의 요소를 결합하여 이야기를 풀어낸 파격적 시도가 특징이다.

사건의 내막

숲 속에서의 오후

An Afternoon in the Woods

— 수전 페니모어 쿠퍼

숲은 인간에게 얼마나 고귀한 선물인지!

그 유용함과 아름다움에 우리는 얼마나 깊이 감사하고 감탄해야 하는지!

화려하고 소란스러운 속세를 벗어나 숲에 들어서면, 머리 위로 내려앉는 나무 그늘이 얼마나 기분 좋은지! 천국에서 불어온 바람이 아늑한 가지들 사이에 머물고, 햇살이 푸르른 잎 위로 축복처럼 내려앉는다. 나무껍질과 열매의 향을 머금은 숲의 숨결이 이마를 상쾌하게 어루만지고, 현란하지도 음울하지도 않으며 고요하고 평화로운 기운을 띤 아름다운 숲의 빛이 마음에 잔잔한 평온을 드리운다.

숲에서는 먼 곳을 내다볼 수 없고 사방이 비슷한 풍경으로 가득하지만, 그 품속에서 마음은 일상의 사소한 생각을 내려놓고 더 깊이 사유하게 되며 오직 신의 창조물과 함께 있음을 고요히 자각하게 된다. 발 아래 소박하게 자라난 이끼, 향기로운 꽃들, 온갖 종류의 덤불, 키 큰 나무들, 신성한 푸른빛 하늘… 이 모든 것이 신의 작품이다.

이들은 신의 뜻에 따라, 지금 우리가 보는 것처럼 지혜와 선의가 깃든 모습으로 창조되었다. 이곳의 모든 존재는 우리가 미처 헤아릴 수 없는 귀한 가치가 있으며, 우리가 다 이해하기에는 너무도 깊은 아름다움을 품고 있다. 뿌리 주변을 기어다니는 굼뜬 벌레조차 전능한 신의 힘으로 살아가고, 색바랜 낙엽 부스러기조차 하찮은 잡초 아래 썩으며 땅에 풍요의 축복을 남긴다. 그러나 그중에서도 수천 가지 형태로 우아함과 강인함을 높이 뻗어 올린 나무들, 그 거대한 나무들이야말로 우리 마음을 경이와 찬탄으로 가득 채운다.

대지의 품에서 태어나는 무한히 다양한 결실 가운데 가장 존엄한 존재는 숲의 나무들이다. 탄생과 죽음의 변화를 겪는 모든 피조물 중 숲의 나무들이 가장 긴 생을 누린다. 빛바랜 대지를 덮은 모든 존재 중에서도 숲은 변치 않고 기나긴

숲속에서의 오후

세월 동안 본연의 특성을 간직한다. 인간이 만든 것들은 끊임 없이 모습을 바꾼다. 마을이나 논밭은 시대마다 변하는 인간의 불안정한 생각과 변덕스러운 의지를 고스란히 반영하지만, 그 경계 너머의 숲은 오늘날에도 수천 년 전과 다름없이 존재한다. 영원한 산맥만큼이나 오래된 이 숲은 수천 번의 계절을 지나는 동안 잎을 틔우고 떨어뜨리기를 반복하면서, 대홍수가 만든 폐허를 뒤덮으라 했던 신의 음성을 얌전히 따르고 있다.

그러나 숲이 아무리 크고 오래되었다 한들, 숲을 이루는 고목들은 결국 모든 존재가 겪어야만 하는 지상의 운명 앞에 고개 숙인다. 나무들의 시간도 정해져 있어 언젠가는 가지가 시간의 이끼로 뒤덮이고, 쇠락의 손길이 닿으면 부스러지고 쓰러져 먼지로 돌아간다. 이들도 우리처럼 생명의 아름다움으로 치장한 존재이며 그렇기에 우리처럼 죽음의 먹잇감이 된다. 인간보다 훨씬 오랜 세일을 살아가는 나무에 경탄하면서, 우리는 생의 아름다움과 죽음의 쓸쓸함이 함께 자아내는 신비로운 매력을 받아들이게 된다.

고개를 들면 굵고 강건한 나무들이 한데 이우러져 있다. 크게 자란 참나무, 물푸레나무, 소나무가 당당히 서 있고, 그

곁에는 아직 어린 느릅나무, 자작나무, 단풍나무가 여린 가지를 산들바람에 흔들며 싱그럽고 생기로운 청춘을 뽐내고 있다. 숲 안쪽 눈에 띄지 않는 침침한 구석에는, 가지가 전부 꺾이고 잎 하나 없이 뼈대만 남은 늙은 가문비나무 한 그루가 죽음의 손처럼 고요하고 쓸쓸히 뻗어 있다.

숲의 독특한 본성은, 그 속에 생명과 죽음이 늘 서로 가까이 존재하고, 어느 쪽이나 소리 없는 전진을 거듭하며 서로 우위를 겨룬다는 점이다. 숲에는 생명의 기운이 널리 퍼져 있지만, 죽음은 훨씬 더 강렬한 인상을 남긴다. 봄이 온갖 생명의 풍요로움과 기쁨을 품고 찾아올 때도, 숲속에는 봄의 도래를 알아채지 못하는 나무가 많다. 쓰러진 나무줄기와 거칠게 드러난 뿌리 근처에는 수천의 새싹들이 돋아나, 나무가 생전에 지녔던 청청함을 흉내 내며 그 음울한 잔해를 부드럽게 감싸보려 한다. 그러나 썩어가는 고사목이 우아하게 새 나뭇잎 화관을 써보기도 전에, 새싹 절반은 한해를 넘기지 못하고 시들어 죽는다.

이처럼 숲에 언제나 존재하는 죽음은 차분하고 엄숙하며 어딘가 성스럽다는 인상까지 주는데, 이토록 깊이 절제된

숲속에서의 오후

감정은 너른 들판에서는 좀처럼 느낄 수 없는 것이다. 그러나 이 힘은 결코 지나치게 우울하지도, 우리를 짓누르지도 않는다. 생의 아름다움이 지닌 활기가 반드시 그 무게를 덜어내기 때문이다.

쓰러진 나무 옆에도, 부서진 가지 사이에도 봄 내내 향기로운 꽃들이 피어난다. 숲의 자유로움과 거침없는 성장 속에서 제각각 자리 잡은 나무들은 야생의 다채로운 아름다움과 기묘한 형태들이 싹트기에 알맞다. 그 다양한 모습은 우리가 마음속으로 상상의 나래를 펼치게 해주며, 그늘진 숲속에 반짝이며 쏟아지는 황금빛 햇살처럼 우리에게 기쁨과 활기를 선사한다. 신의 모든 피조물에 각인된 그 풍부한 다양성은, 숲에서 특히 뚜렷하고 웅장한 모습으로 발현된다.

들에서는 서로 꼭 닮은 풀잎을 찾을 수 없고 정원에도 완전히 똑같은 꽃은 피지 않지만, 그 차이는 너무 미미해서 쉽게 알아차릴 수 없다. 그러나 숲에서는 그 차이가 뚜렷하게 드러나, 나무의 다양한 모습을 누구라도 쉽게 구분할 수 있다. 나무줄기, 가지, 잎사귀, 울퉁불퉁한 옹이, 구불구불 뒤틀린 뿌리, 나무껍질 위로 자라는 이끼… 이늘의 형태, 색, 그림자 그 모든 부분에 제각각 개성이 또렷이 담겨 있다. 이 다채

롭고 아름다운 풍요 속에는 달콤한 평화, 고귀한 조화, 잔잔한 평온이 깃들어 있으며, 이처럼 충만한 정취는 다른 어디에서도 좀처럼 찾아보기 힘들다.

　　이곳의 언덕과 그 아래 펼쳐진 분지는 기나긴 세월 동안 하나의 큰 숲으로 존재해 왔다. 수많은 계절이 지나고 기록되지 않은 시대가 흘러가는 동안 이 숲은 끝없이 이어지는 원시림의 일부였다. 나무들은 계곡 위로 물결치고, 봉긋봉긋한 언덕 위로 자라났으며, 골짜기를 채우고, 깊은 협곡을 메우고, 시냇물과 샘물 위로 그늘을 드리우고, 호수와 강 옆에서 뿌리를 적셨고, 섬 위로도 옮겨갔고, 너른 언덕을 뒤덮었고, 모든 산봉우리를 왕관처럼 감쌌다. 온 땅이 숲의 어스름 속에서 고요한 잠에 들었고, 거칠고 야성적인 꿈이 아득하게 뒤섞였다. 포식자의 굶주린 울음소리, 야만인들의 사나움, 함성과 춤, 승리와 고통이 간헐적으로 깊은 침묵을 깨고 터져 나왔다가 이내 사그라들면, 생명의 숨결만이 바람결을 따라 고요히 오르내렸다.

　　비탈의 바위 절벽, 저지대의 습지 하나하나에도 살아 숨쉬는 녹음의 장막이 겹겹이 드리웠다. 이편에서는 소나무, 솔송나무, 전나무로 이루어진 짙은 물결이 협곡을 가로질러 흘렀고, 저편 언덕 위로는 참나무, 단풍나무, 밤나무가 윤기 나는 짙푸른 잎사귀를 뽐냈다. 산허리에는 자작나무, 느릅나무, 사시나무가 산뜻한 바람결 같은 숲을 만들어냈다. 여름 햇살 아래 온갖 초록빛 잎들이 춤을 추었고, 달빛 아래 살랑살랑 흔들렸으며, 하늘에서 떨어지는 비는 끊임없이 이어지는 푸른 잎사귀 위로 고루 내려앉았다.

그러나 60년이라는 세월 동안 자연은 놀랄 만큼 달라졌다. 저지대의 숲은 사라졌고, 주변을 둘러봐도 개간되지 않은 땅은 하나도 없다. 앞으로 반세기만 더 흐르면 이 땅은 황량하고 헐벗은 곳이 될지도 모른다. 하지만 아직 모든 숲이 사라진 것은 아니다. 둘러보면 완전히 벌거벗은 산은 하나도 없고, 듬성듬성 헐벗은 모습을 내보이는 봉우리도 없다. 호숫가 언저리에는 여전히 기슭부터 꼭대기까지 나무가 빽빽이 들어찬 언덕이 몇몇 남아 있다. 숲을 사랑하는 사람이라면 조심스레 길을 찾아 구불구불한 길을 따라가며 원주민들이 사랑했던 나무 그늘 오솔길을 오래도록 걷는 즐거움을 누릴 수 있다.

북미의 삼림 지대는 오랜 세월 동안 누구의 손길도 닿지 않은 야생성을 고스란히 간직하고 있다. 이곳 숲은 그 자체의 잔해로 가득하다. 죽었거나 죽어가는 나무들이 오랜 세월 버티다가 결국 바람에 쓰러지고 허물어져 원래 모습을 짐작할 수 없을 만큼 부서진 그루터기가 된다. 썩기 시작했을 때 베어낼 수 있었다면 좋았겠지만 그땐 굳이 나무가 필요 없었고, 지금은 너무 썩어서 가치가 없다.

거대한 나무들의 송장과 부러진 가지가 숲속 이곳저곳에 흩어져 있다. 바람과 숲이 맞붙기라도 한 듯한 격전지에서는 걸음을 옮길 때마다 거인처럼 길게 뻗은 채 쓰러진 나무줄기를 계속 밟게 된다. 일부는 여전히 껍질 갑옷을 두르고 있고, 다른 일부는 껍질마저 벗겨진 채 시퍼런 곰팡이로 얼룩져 썩어가고 있다. 또 어떤 것들은 산산이 부서져 파편 더미가 되었고, 다른 것들은 아름다운 이끼에 덮인 채 잠들어 있으니, 길게 뻗은 초록빛 둔덕들은 서서히 먼지로 돌아가고 있는 나무들의 무덤이다.

이런 숲의 잔해 위로 종종 어린 나무들이 자라난다. 큰 소나무나 참나무가 폭풍에 쓰러지면서 뽑혀 나온 뿌리와 흙무더기는 몇 년이 지나도 그 모습 그대로인데, 때로는 10피트(약 3미터)가 족히 넘는 그 흙더미 위로 전나무나 소나무, 너도밤나무가 훌쩍 자란 모습도 볼 수 있다. 나는 20년쯤 자란 늠름한 나무 한 그루를 본 적도 있는데, 소나무인지 밤나무인지 모르는 쓰러진 나무줄기 위로 우연히 날아와 자리 잡은 씨앗에서 자라난 것이었다. 젊은 나무는 썩어가는 통나무의 양옆을 따라 뿌리를 땅까지 뻗쳐, 그 부서져가는 뼈대를 단단히 감싸안고 있었다.

이렇게 죽은 나무는 이상하리만치 느리게 썩는다. 쓰러지고 50년이 지나도록 썩지 않고 수액이 남아 있는 소나무도 있고, 고사하여 잿빛을 띤 채로도 오랫동안 꿋꿋이 자리를 지키고 있어 마치 살아 있는 것처럼 친근한 나무들도 있다. 기록에 따르면 죽은 후 40년 동안 곧게 서 있었던 나무도 있다.[*] 이러한 야생 속에서도 문명인의 흔적이 간간이 눈에 띈다. 수레비퀴기 지나간 자국, 나엽에 인적이 덮인 거친 길, 그

[*] 1811년 미시시피 지역 지진으로 쓰러진 나무들은 거의 40년이 지난 지금(1849년 12월)노 여전히 서 있다. 숲의 고사목에 조금만 더 관심을 기울인다면 비슷한 사례를 많이 찾아낼 수 있을 것이다.

루터기에 남은 날카로운 도끼 자국. 이 모든 흔적은 숲이 얼마나 아낌없이 풍성하게 인간의 필요를 충족하는지 다시금 알려준다.

이 지역 숲의 4할은 상록수인데, 주로 소나무와 솔송나무다. 다만 나무의 비율은 숲에 따라 다르다. 온통 솔송나무와 소나무로 뒤덮여 진녹색을 띠는 산이 있는가 하면, 어떤 언덕에는 거의 낙엽수만 있다. 그러나 대부분은 상록수와 낙엽수가 조화롭게 섞여 자란다. 솔송나무와 소나무는 산등성이, 분지, 메마른 땅, 물가를 가리지 않고 어디서든 잘 자란다. 전나무는 그보다 덜 흔한데, 주로 습지에서 제 친척 격인 동부낙엽송과 함께 자란다. 동부낙엽송은 여름철에는 마치 상록수처럼 보인다. 전나무는 유독 아름다운 나무로, 소나무나 솔송나무처럼 위엄 있는 자태는 아니지만 첨탑 같은 형태로 완만하고 우아하게 가지를 뻗어내며 30-40피트까지 자란다. 잎이 풍성하고 색감도 다양한 이 나무는 언덕의 연못이나 호숫가에 서서 자기 모습을 비춰 보는 걸 즐기기라도 하듯 그 짙은 잎을 드리워 수면을 녹색으로 물들인다.

이 지역에서는 삼나무를 거의 찾아볼 수 없다. 사이프러스로도 불리는 삼나무는 북쪽으로 약 8-9마일 떨어진 곳에서 자라며, 그보다 더 북쪽으로 올라가면 흔하게 볼 수 있다. 그러나 호수 남쪽으로는 강을 따라 100마일 이상을 내려가도 삼나무를 볼 수 없다.

이곳 숲의 소나무는 한 종류뿐이지만, 소나무 가운데서도 으뜸으로 꼽히는 위엄 있는 백송으로 우리 앨러게니 지역의 자랑이다. 노란 소나무나 리기다소나무, 적송은 보이지 않으며, 측백나무도 이곳에서는 찾아볼 수 없다. 오래된 숲을 벌목하면 상록수가 줄고 낙엽수가 그 자리를 메꿔버린다는 말이 있지만, 어린 소나무들이 사방으로 왕성하게 자라나는 빼곡한 숲을 보고 있자면 그런 걱정은 기우에 불과한 것 같다. 심지어 허허벌판이 된 땅 이곳저곳에서도 소나무는 다시 자라난다. 소나무 숲을 벌목한 자리에 같은 종류의 어린 소나무들이 빽빽하게 자라나는 모습을 우리는 여러 차례 목격했다.

이 지역에는 여러 종류의 참나무, 즉 백참나무, 흑참나무, 홍참나무, 적참나무를 비롯해 너도밤나무, 밤나무, 검은 물푸레나무와 흰물푸레나무, 피나무 또는 참피나무, 흰느릅나무와 동부느릅나무, 사시나무와 긴잎사시나무, 솜털잎을 내는 포플러와 길레아드 포플러, 흰자작나무, 황자작나무, 흑

자작나무가 많다. 옻나무와 오리나무도 흔하다. 하지만 단풍나뭇과를 한 가족으로 묶는다면, 단풍나무가 다른 낙엽수보다 월등히 많을 것이다. 서부단풍나무나 물푸레잎단풍나무는 없지만, 이 지역에는 크고 아름다운 당단풍나무부터 왜소한 산단풍나무까지 거의 모든 종류의 단풍나무가 자란다. 이 나무들을 다 포함해서 따져보면, 단풍나무는 다른 모든 낙엽수를 합친 수의 두 배는 될 것이다. 단풍나무는 씨를 아주 잘 퍼뜨리기 때문에 봄이면 여기저기서 어린 단풍나무가 고개를 드는 모습을 쉽게 볼 수 있다.

한편 밤나무를 제외하면 견과류가 열리는 나무는 그리 흔하지 않다. 그렇지만 히코리나무가 드문드문 보이고, 흑호두나무와 백호두나무도 종종 발견된다. 플라타너스는 이곳보다 북쪽에 있는 모호크강 근처에서는 흔히 자라지만, 이곳에서는 드문 편이다. 남쪽으로 2-3마일쯤 떨어진 작은 시냇가에서만 자라는데, 그곳이 이 지역 플라타너스의 유일한 자생지다. 매발톱나무나 니사나무는 드문드문 발견되고, 튤립나무는 미국의 다른 지역에서는 흔하지만 우리 호수 주변 15마일 내에서는 본 적이 없다. 미국풍나무도 이 지역엔 전혀 없고, 사사프라스나무 역시 이곳에서는 생소한 존재다. 허드

슨강 유역에서 흔히 보이는 아름다운 월계수도 이곳에서는
볼 수 없지만, 마을에서 남쪽으로 20마일 정도 떨어진 동네
에는 자라고 있다. 다른 지역 숲을 꽃으로 화사하게 수놓는
꽃산딸나무도 이 근방에서는 자라지 않는다.

호숫가에서 눈에 띄는 나무들은 둘레는 굵지 않으나 키
가 무척 크다. 오래전부터 서로에게 밀리며 촘촘히 자라다 보
니 줄기가 가지 하나 없이 길게 뻗어 있고, 높이 올라갈수록
잎이 무성하다. 수종마다 독특한 매력을 지니고는 있지만, 탁
트인 들판에서 자유롭게 자란 나무와 같은 완전한 아름다움
을 갖추지는 못했다.

숲속의 나이 든 물푸레나무, 느릅나무, 참나무 들은 잔
디밭이나 초원에서 자란 동종의 나무들보다 훨씬 더 근엄하
고 절제된 느낌을 주며 숲에서 자라난 나무 특유의 멋신 기품
을 간직하고 있다. 반면 어린나무들은 초원에서 자란 나무들
보다 더 가볍고 산들거린다. 숲을 다스리는 큰 나무들의 그늘
아래 이들은 빛을 향해 가늘고 길게 솟아오르며 가벼운 가지

를 섬세하게 뻗어낸다. 줄기가 어찌나 가늘고 유연한지 키가 30-40피트, 심지어 50피트에 이르는 나무조차도 겨울 눈이 앙상한 가지 위에 쌓이면 무게를 이기지 못하고 아래로 휘어지기 일쑤다. 어떤 나무는 다시는 곧게 서지 못하지만, 어떤 나무들은 시간이 흐르면서 줄기가 점차 단단해져 서서히 곧은 자세를 되찾는다.

호숫가 근처의 어느 오솔길에는 키 큰 어린나무 두 그루가 우연히 서로를 향해 휘다가 서로 가지가 맞닿은 덕에 생긴 아름다운 초록빛 아치가 있다. 숲속에서 이렇게 가끔 마주치는 신비롭고 아름다운 풍경은 옛날 같았으면 목수 요정의 솜씨라 여겨졌을지도 모른다.

✿

오늘날 자라고 있는 젊은 나무 중에서 옛 원시림의 나무들처럼 위엄 있는 거목으로 자랄 만한 나무는 안타깝게도 얼마 없을 것이다. 이 숲의 상당 부분이 이미 이차림으로 대체되었고, 큰 나무는 해마다 점점 줄어들고 있다. 요즘도 주변에 서 있는 나무보다 훨씬 더 굵은 나무 그루터기를 흔히 발견할 수 있다. 어떤 그루터기는 지름이 4피트나 되고, 더러는 5피트 이상 되는 것들도 있다. 가끔 밑동이 굵은 소나무가 아직 살아 있을 때도 있다. 얼마 전에도 지름 5피트짜리 소나무 하나가 벌목되었다. 마을에서 1마일쯤 떨어진 곳에는 밑동 둘레가 17피트나 되는 느릅나무가 있고, 최근에는 둘레가 28피트에 달하는 참피나무 이야기도 들었다. 그러나 요즘 숲에는 키가 60-80피트나 되면서 둘레는 고작 4-6피트(약 1.2-1.8미터. 둘레가 이런 경우 지름은 대략 0.5미터 내외로 매우 가는 나무에 속한다)에 그치는 나무가 많다. 특히 소나무는 몸집에 비해 놀라울 정도로 높게 자란다.

큰 나무들의 나이를 보면, 나이테가 200개쯤 되는 그루터기는 흔하고, 300개쯤 되는 것도 드물지 않다. 때로는 나이테가 400개를 넘는 그루터기와 마주치기도 한다. 하지만 보통 큰 나무들은 정착 초기부터 일찌감치 벌목되었기에, 남은 오래된 그루터기들은 이미 닳고 낡아 나이테를 정확히 헤아리기 어려운 경우가 많다. 나무를 베어낸 직후 그루터기를 없애려고 불을 질러 심하게 상해 있는 경우도 많고, 어떤 것은 중심부가 썩어들어가 나이테의 반절 이상을 식별할 수 없는 경우도 있다.

이럴 때는 길이를 재어 대략적인 나이를 가늠해 볼 수 있다. 예를 들어, 손상되지 않은 쪽에서 나이테 50개의 길이를 잰 뒤, 썩은 부분에도 그 정도 길이의 나이테가 50개쯤 있었겠다고 가정하는 식이다. 그러나 이 방법 역시 정확하다고 보기는 어렵다. 같은 나무에서도 나이테의 간격은 들쭉날쭉한데, 어떤 해에는 간격이 1인치에 이를 정도로 넓어서 둘레가 확 굵어졌음을 알 수 있는가 하면, 그만한 폭에 십여 개나 되는 나이테가 촘촘히 들어 있는 경우도 있다. 결국 나이테를 제대로 셀 수 있는 그루터기를 만나기는 어렵다. 태평양 연안, 특히 오리건과 캘리포니아에 자생하는 소나무 중에는 나이테가 900여 개에 이르는 것도 있다고 하는데, 바로 그 지역에서 잘 자라는 램버트소나무다. 우리 지역에 흔한 백송은 그 절반 정도의 나이테를 지니는 경우도 드물다.

사람들은 오래된 나무를 보이는 족족 베어버리면서 이렇게 변명한다. 숲에서 자란 나무들은 비슷한 나무들과 함께 서 있어야 살아남을 수 있다고, 몇 그루 남겨 봤자 바람에 그대로 노출되어 오래 견디지 못하고 곧 죽는다고 말이다. 일반적으로는 그 말이 맞을지도 모른다. 하지만 몇 그루라도 남겨두는 실험을 자주 해 본다면 꽤 살아남을 수도 있지 않을까

하는 생각이 든다.

　　산자락 아래 아름다운 들판 한가운데 홀로 서 있는 거대한 느릅나무 한 그루가 있다. 둘레와 나이, 전체적인 자태만 언뜻 보아도 고대 나무 종족의 추장 같은 위엄이 느껴지는, 사람들이 '사가모어(북아메리카 동부 지역 원주민 알곤킨족 사이에서 사용되던 말로, 부족 지도자를 뜻한다) 느릅나무'라고 부르는 나무다. 나무는 사방에서 불어오는 바람을 고스란히 맞으면서도 굳건히 그 자리를 지키고 있다. 밑동 둘레는 17피트이고 높이는 약 100피트로 추정되는데, 정확히 잰 적은 없고 눈대중으로 짐작한 수치다. 줄기는 가지 하나 없이 절반 정도 곧게 뻗어 올라가다가, 오래된 숲의 나무가 흔히 그렇듯 중간에서 갈라진다. 여름 잎 사이로 죽어가는 잿빛 가지들이 점점 드러나는 것을 보니, 안타깝지만 앞으로 겨울을 몇 번 넘기지 못할 수도 있다. 그러나 설령 나무가 내일 쓰러진다 해도 지금껏 그 큰 느릅나무를 베지 않고 남겨둔 땅 주인에게는 충분히 감사할 일이다.

오늘날 나무를 벌목하는 사람들은 참으로 가차 없다. 초기 정착민들은 나무를 적군처럼 여기며 베어냈는데, 그 후손들 역시 그 정신을 이어받은 것일까. 오직 돈 버는 것만이 인생의 목표인 사람들이 나무를 최대한 빨리 돈으로 만들려는 것은 놀랍지 않다. 하지만 나무의 가치를 아는 이들마저 다른 사람들처럼 무분별하게 벌목한다는 사실이 실로 충격적이다. 나이 든 나무, 젊은 나무, 작년에 싹을 틔운 어린나무까지도 모두 도끼질이나 불길 한 번에 모조리 파괴되고 만다.

나무가 쓰러진 자리는 농사를 짓거나 새로운 숲을 가꿔보려는 시도도 없이 영영 그대로 방치된다. 협곡의 숲이 사라지고, 언덕들은 나날이 민둥산이 되며, 목재와 땔감 가격은 오르고, 품질이 낮은 나무들마저 어떻게든 쓰임새를 찾는 지금, 상식이 조금이라도 있다면 이 문제에 대해 깊게 고민해봐야 하지 않을까. 특히 우리 주변에서 큰 소나무들이 빠르게 베어지고 팔려나가는 현실을 보면서, 신중함과 절제라는 교훈을 얻을 수 있어야 한다. 우리 주에서만 해마다 6만 에이커(약 240제곱킬로미터, 서울시 면적의 40퍼센트에 달한다)에 달하는 소나무 숲이 벌목되고 있다. 이 속도라면 20년 뒤, 즉 1870년쯤이면 이 지역에 다양하게 자생하던 나무들이 자취를 감추

숲속에서의 오후

게 될 것이라고 한다.[*]

의아하게도 미국의 많은 농부들 가운데 목재의 가치와 중요성을 제대로 아는 이는 거의 없다. 이들은 숲의 진정한 가치를 잊고 사는 듯하다. 1835년 뉴욕주 보고서에 따르면, 한 해 동안 이리운하를 따라 해안으로 운반된 경작지 생산물의 가치는 약 817만 달러였고, 가축 등 축산물은 약 323만 달러, 숲에서 생산된 목재와 널 등은 477만 달러에 달했다. 즉 숲은 축산업보다 더 큰 수익을 내고 농지 수익의 절반을 넘는 수입원이다. 숲과 농지 각각에 들어가는 투자 비용을 비교하면 격차가 더욱 줄어든다. 사냥으로 얻은 모피 등의 수입은 포함되지도 않았다는 점을 고려하면 실제로는 더 큰 가치가 있는 셈이다.

숲은 원시 부족에게 식량과 거처를 제공하고, 문명화된 사회에도 엄청난 부를 가져다준다. 그러나 사람들은 이 사실을 좀처럼 떠올리지 못하고 숲을 하찮게 여기기만 한다. 하지만 원시인들의 첫 도구도 나무로 만들었고, 문명의 정점에 선 국가들조차 레바논 백향목(향기롭고 단단하면서도 잘 썩지 않아

[*]　미국의 저명한 식물학자 존 토레이 박사(1796-1873)의 식물 조사 보고서를 참고함.

고급 건축 자재로 많이 사용되었다)을 오피르의 황금처럼 귀하게 여길 만큼 숲은 인류에게 핵심 자원이었다. 그런데도 우리는 숲에 얼마나 많은 것을 빚지고 살아가는지를 좀처럼 자각하지 못한다! 들에 세우는 울타리도 목재고, 강 위 다리도 목재로 지어지며, 마을의 거리와 도로에는 나무를 깔아 길을 만든다. 육로든 수로든 우리를 실어 나르는 증기기관은 땔감을 연료로 사용하고, 시골집은 벽과 바닥, 계단과 지붕 등 겉이나 안이나 모두 나무로 되어 있다. 우리네 집마다 벽난로에 타오르는 불꽃까지도 모두 살아 있는 숲이 준 선물이다.

그러나 나무는 단순히 금전적 가치로만 따질 수 있는 존재가 아니다. 나무는 한 나라의 문명과 다양한 방식으로 연결되어 있으며, 지적·도덕적 차원에서도 중요한 의미를 지닌다. 새롭게 개척한 땅에서 힘든 초기 생활을 보내고, 먹을 것과 머물 곳이 어느 정도 마련되면 사람들은 사는 곳 주변에 점차 삶의 편의와 안락함을 갖추기 시작한다. 농부라면 집 앞에 나무 몇 그루를 심을 것이다. 이는 매우 바람직한 일이지만 문명의 발전을 생각하면 아직 시작에 불과하다.

이미 크게 자라 있는 아름다운 나무들을 잘 보존하는 것이야말로 한 단계 성숙한 사회의 징표인데, 우리는 아직 그 수준에 이르지 못했다. 바로 어제 자기 집 앞에 가지도 없는 가느다란 묘목 몇 그루를 심은 사람이, 오늘은 집 근처에 있는 늠름한 느릅나무나 참나무를 싹 베어버리곤 하지 않는가. 그 나무는 그가 가진 그 어떤 것보다도 아름다운 존재일 텐데 말이다.

집 옆의 멋진 나무 한 그루는 벽에 칠한 고운 색의 페인트나, 현관을 꾸민 웅장한 목조 기둥보다도 훨씬 훌륭한 장식이다. 마당 한쪽에 커다란 그늘을 드리우는 나무 한 그루는 응접실의 값비싼 마호가니 가구와 벨벳 소파보다 귀중한 자산이건만, 유감스럽게도 사람들은 아직 이런 사실을 잘 깨닫지 못한다. 그러나 시간이야말로 문명을 이루는 데 중요한 필수적 요소다. 세월이 흐르면 언젠가 우리도 이런 교훈을 얻게 되리라.

사물을 조금만 더 깊이 들여다보면, 단순함 속에 깃든 아름다움과 품격을 알게 된다. 그동안 우리 사회에서는 너무나 과소평가되고 제대로 이해받지 못한 덕목이다. 이 단계에 도달하게 되면, 나무를 대하는 태도도 달라질 것이다. 직년에 왼쪽 집 이웃이 앞마당에 앙상한 묘목 몇 그루를 심었다고

해서 덩달아 따라 심거나, 오른쪽 집 이웃의 벨기에산 카펫을 따라 사려고 집 근처 숲을 통째로 베어내는 짓은 더 이상 하지 않게 될 것이다. 그때가 되면 사람들은 겉치레나 허세 따위에 관심을 두지 않고, 이웃들이 무엇을 사든 신경 쓰지 않으며, 오직 삶의 조화와 사물의 본래 자리에 어울리는 품격을 먼저 생각하게 될 것이다.

숲과 나무에 조금만 관심을 기울인다면 대부분의 농가는 한결 보기 좋아지고 가치도 높아질 텐데, 그 간단한 방법을 왜들 모를까! 숲과 나무는 송두리째 베어내지 말고, 필요한 만큼만 솎아 가꾸자. 당장 밭으로 쓸 땅만 개간하고, 언덕 위나 거친 비탈의 숲은 그대로 두자. 작은 언덕의 덤불숲은 그대로 키우고, 시냇물이나 물길 주변의 덤불과 어린나무들도 마음껏 자라게 두자. 연못가에 작은 숲을 만들어도 좋다. 샘터 주변에는 느릅나무 한두 그루를, 우물가에는 그늘을 드리울 버드나무를 심자. 출입문이나 울타리 곁에는 밤나무, 참나무, 너도밤나무를 세우자. 여름철에 동물들이 쉴 수 있도록 들판마다 나무 몇 그루씩을 남겨두고, 집 주변에도 나무를 심어 그늘을 만들자. 이렇게 하는 데 드는 수고나 비용은 거의 없는데도 그 결과는 얼마나 훌륭한가! 농장과 마을이 아름다워질 것을 생각하면, 현명한 사람들에게는 분명 고려해 볼 가치가 있는 일이다.

✤

조금 다른 각도에서 이 문제를 생각해 볼 수도 있다. 은혜로운 신께서 주신 귀한 선물을 아무렇지 않게 여기는 태도는 감사하는 마음이 부족하다는 것이며, 선물을 함부로 다루거나 낭비하는 짓은 무책임하고 나쁜 행동이다. 무언가를 파괴하는 일은 악한 마음에서 비롯되는데, 이성적인 존재를 자처하는 인간이 그 본능을 부끄러워하지 않는다면 참으로 이상한 일이다. 우리는 신이 전지전능한 창조주임을 잊지 말아야 한다. 신께서는 은혜로운 섭리와 전능한 계획으로, 세월에 닳아 옛 모습을 잃어가는 보잘것없는 존재에게도 새 생명의 은총을 불어넣으시지 않는가!

나무를 돌보는 일은 단순한 농사일을 넘어서는 특별한 행위이자 고결한 마음의 표현이다. 우리는 양털로 옷을 짓고, 소젖을 마시며, 밭에서 얻은 곡식으로 살아간다. 그러나 나무를 심고, 아름다운 숲과 늠름한 고목을 가꾸는 것은 우리 자신을 넘어 가족과 이웃, 길을 지나가던 나그네나 낯선 이방인들까지 생각하는 일이다. 나무들이 주는 기쁨은 모두 함께 누릴 수 있기 때문이다. 우리가 세상을 떠난 뒤에도, 아마 우리가 상상하는 것보다 훨씬 오랜 세월 동안, 그 나무들이 계속해서 수많은 사람들에게 선한 기쁨을 주리라는 사실은 실로 감사한 일이 아닐 수 없다.

얼마 전, 나무와 관련된 정반대의 사례 두 가지를 우연히 들었다. 오리건주의 황야, 컬럼비아강 기슭에 커다란 소나무 한 그루가 있었다고 한다. 그 지역에서 유명한 소나무로, 그곳을 지나는 사냥꾼이나 이주민들에게는 오랫동안 이정표 역할을 해온 나무였다. 정부에서 파견한 한 탐사대가 그 지역을 조사하던 중 근처에 이르러 방향을 알아보려고 소나무를 찾았지만 좀처럼 찾을 수가 없었다. 길을 헤매다 소나무가 서 있어야 할 자리에 겨우 다다른 이들은 쓰러져 썩어가고 있는 나무를 발견했다. 나무를 베어 넘긴 사람은 자신을 문명인이라 여겼겠지만, 그런 행위야말로 말이 뛰어넘지 못하는 것은 모조리 쓰러뜨려버렸던 야만적인 훈족 무리와 다를 바 없다.

그런가 하면 앞 이야기만큼 깜짝 놀랄 일은 아니지만 기분이 좋아지는 이야기도 있다. 다행히도 이 이야기가 우리 동

숲속에서의 오후

네와 더 가깝다. 서스쿼해나강 기슭에 있는 베인브리지라는 작은 마을 근처를 지나가다 보면 근사한 나무 한 그루가 눈에 띈다. 가까이 가보면 무성한 가지를 뻗은 느릅나무임을 알 수 있는데, 놀랍게도 그 나무는 길 한복판에 떡하니 서 있다. 나무는 가지로 넓은 길 전체를 완전히 그늘로 덮고 양쪽 울타리 너머까지 부드럽게 뻗어 있다. 실용적인 사람이라면 이 나무가 썩 마음에 들지 않을 것이다. 나무를 돌아가느라 길이 약간 휘었기 때문이다. 하지만 사람들은 이 나무를 아름답다고 생각하고 마을의 자랑거리로 여긴다. 길 한가운데 나무를 남겨둔 것도 인상적이지만, 줄기나 가지 어디에도 상한 흔적 없이 건강하고 튼튼하게 자라고 있어서다.

수전 페니모어 쿠퍼(Susan Augusta Fenimore Cooper, 1813-1894)는
소설가 제임스 페니모어 쿠퍼의 딸로 태어나 시골 생활과 자연의
변화를 관찰하며 수많은 에세이와 글을 남겼다. 그중에서도
《전원의 나날》(*Rural Hours*, 1850)은 그녀의 대표작으로 꼽힌다. 당시
자연사와 환경을 주제로 글을 쓴 여성 작가는 드물었다.
이 책은 미국 자연 문학의 초기 작품이자, 여성 작가가 쓴 최초의
자연 산문집으로 평가받으며 찰스 다윈을 비롯한 당대 작가와
평론가들에게 큰 찬사를 받았다. 헨리 데이비드 소로 또한 한
편지에서 이 책이 무척 마음에 든다고 언급하며 그녀가 누군지
궁금해하기도 했다.

이 글은 《전원의 나날》에 실린 어느 토요일의 기록이다. 쿠퍼는
산책과 여행 중의 섬세한 관찰을 통해 자신이 이상적으로 여긴
사회가 '사라져가는 자연'과 '다가오는 산업화'의 경계에 놓인
시골임을 그려낸다. 그녀는 자원의 남용이 초래할 결과를 일찍이
경고한 선구적 작가이며, 오늘날 환경문학의 시초로도 평가받는다.

숲속에서의 오후

림버로스트의 나방들

Moths of the Limberlost

— 진 스트래튼-포터

림버로스트라는 말을 들으면 절로 떠오르는 이미지가 있다. 흥겨운 몰입의 장소. 인디애나주 북동부에 자리한 림버로스트 습지는 미시건주와 맞닿은 북쪽 주 경계선으로부터는 100마일가량, 오하이오주와 맞닿은 동쪽 주 경계선으로부터는 10마일가량 떨어져 있다. 황금기에는 매우 넓은 면적을 차지했다. 내가 림버로스트를 처음 찾았을 때만 해도 개발되지 않은 숲이 수 마일에 걸쳐 펼쳐져 있었고, 배를 띄울 수 있는 호수와 물이 흐르는 하천이 있었고, 습지 가장자리에 난 길은 진창에 커다란 나무를 쓰러뜨리고 묻어서 만든 통나무 길이었다. 눈과 서리가 내려앉은 겨울 습지는 새하얀 레이스 깃은 황홀한 아름다움으로 가득한 반면, 5월부터 10월까지는 그야말로 열대우림이나 마찬가지였다. 나는 림비로스트에 온 뒤로 아직 식물학에서 분류되지도 기록되지도 않은 림버로스트의 꽃과 덩굴식물을 채집해서 과학자들에게 보냈다.

그때 내가 쉬지 않고 그런 작업을 한 것이 일종의 선견지명이 되었다. 곧 습지에 들이닥친 상업 자본이 어김없이 파괴 작업에 착수했기 때문이다. 캐나다 벌목꾼들이 범선의 돛대가 될 쭉 뻗은 키 큰 나무와 갑판보가 될 단단하고 무거운 나무를 찾아 몰려들었다. 그 뒤를 따라 미시건주 그랜드래피즈 벌목꾼들이 고급 가구의 재목으로 쓸 숲의 견목들을 싹 쓸어갔다. 나는 그 경험을 바탕으로 벌목꾼 '주근깨'의 이야기를 썼다. 그다음에는 나무 통과 상자를 만드는 작업자들과 지역 목재 가공업자들이 가장 좋은 무른 나무들을 가져갔다. 종래에는 준설 작업이라는 명목하에 내가 가장 사랑하는 습지 북쪽을 가로지르는 배수로, 실질적으로는 운하를 뚫었고, 결국 그 물길이 와시바시강에 이르자 석유 채굴꾼들이 습지로 진출했다. 이후 그들이 지표로 뽑아올린 부가 물리적인 형상으로 끊임없이 그 모습을 드러냈다. 도로에 자갈이 깔렸고, 안락한 주택들이 건설되었고, 양파, 샐러리, 사탕무, 옥수수, 감자를 키우기에 적합한, 그 어디에서도 보기 힘든 비옥하고 광활한 농지가 조성되었다.

나는 림버로스트에 대해 내가 쓴 모든 글에서 이런 상황을 거듭해서 설명했다. 이제 여기저기 찢겨나간 림버로스트는 작은 조각들만 드문드문 남았다. 그러나 애초에 림버로스트가 워낙 풍요로운 곳이었기에, 이 조각들과 강가 잡목에는 여전히 내가 남은 평생을 연구하기에 충분한 자연이 남아 있다. 새, 나방, 꽃들을 채집하기에 더할 나위 없이 좋은 장소다. 습지가 해체되는 상황은 비통하지만, 잘 닦인 도로가 만들어져서 돌아다니기가 편해졌고 농장들이 생기면서 더 안전해졌다는 것 또한 부정할 수 없다. "누군가에게는 보약이라 하더라도 다른 누군가에게는 독약이 된다"는 말에는 진실이 담겨 있다. 습지가 만들어낸 요새에서 길을 잃고 굶어 죽은 불쌍한 림버의 이야기에서 이후 수백만 명의 입을 오르내린 이 습지의 이름인 림버로스트(여기서 언급된 인물의 이름 'Limber'와 '길을 잃다'와 '상실'을 뜻하는 'lost'가 합쳐진 지명)가 나온 걸 생각하면, 림버로스트는 림버에게 치명적 독약이었다. 그러나 내게는 형언할 수 없을 정도로 흥미로운 장소이고, 탐색하는 기쁨을 끝없이 선사하는 자연이고, 이따금 달콤한 디저트도 곁들여지는 완벽한 보약이다.

나는 주로 습지로 나가서 새를 관찰하고 새의 사진을 찍고 그림을 그렸다. 습지에서 새만큼이나 내 마음을 사로잡을 상대를 만나게 되리라고는 꿈에도 생각하지 못했다. 그러나 한없이 취약한 밤의 방랑자들, 6월의 어둠 속 달의 요정들이 말 그대로 "내 앞에 몸을 던졌다." 새 한 쌍의 둥지 앞에 카메라를 설치하면서 빛이 들도록 덤불을 양쪽으로 벌리면, 그 덤불에 생명체가 붙어 있곤 했다. 날개 폭이 새의 날개만큼이나 넓었고, 라벤더색과 노란색 점들로 장식한 옅은 초록빛 날개 또는 가장 연한 갈색부터 가장 진한 갈색을 전부 담은 날개 또는 핑크색을 비롯해 십여 개의 매력적인 색들이 조화를 이루며 점점이 찍힌 날개를 지닌 그 생명체는 종종 깃털 달린 새들에게서 내 애정과 관심을 확 빼앗아버리는 경쟁자가 되었다. 나는 색깔에, 그리고 형태적 아름다움에 쉽게 매료되었기 때문이다.

처음에는 나방이 발산하는 강렬한 아름다움을 감상하느라 잠시 멈춰 몇 초간 나방의 사진만 찍고서 원래 하던 작업을 다시 이어갔다. 그러다 새가 카메라 앞에 빨리 나타나지 않아서, 또는 구름이 빛을 가리거나 날이 흐려 셔터 노출에 문제가 생겨서 비는 시간이 생기면 어느새 나는 나방을 찾고 있었다. 그러다 가을이 오면 새들이 떠난 둥지를 수집할 때 나뭇가지나 나무둥치 안에서 또는 도토리를 채집할 때 나뭇잎 사이에서 나방의 고치를 발견했고, 야생화를 꺾을 때면 빛을 받아 기이하게 반짝거리는 고치가 눈에 들어왔다. 이 모든 고치를 나는 내 작은 온실로 모셔와서 최대한 자연과 같은 조건에 두었고 이듬해 봄 고치에서 나온 나방을 관찰하고 연구했다. 이 책 제목으로 '림버로스트 오두막의 나방들'보다 더 나은 제목은 없다고 확신한다.

때로는 관찰 및 기록 작업이 채 끝나기도 전에 나방들이 짝을 만나 짝짓기를 해서 온실 안 곳곳에 알을 점점이 낳았고, 그 알들에서 곧 작디작은 애벌레가 나왔다. 자연히 그 애벌레에게 자연의 먹이를 주고 키우는 것이 시급한 문제가 되었다. 그래서 오두막 밖의 나방 알과 애벌레도 관찰하기 시작했고, 그러자 내 작업을 돕는 사람들이 나방의 알과 애벌레를 구해다 주기 시작했다.

나는 나방의 한살이를 반복해 경험했다. 새로이 얻은 나방들이 짝짓기를 통해 알을 낳았고, 그 알은 애벌레가 되어

복잡한 탈피와 성장 단계를 거쳐 고치를 빚은 뒤 기적처럼 동면기를 넘기고서 이듬해 봄 성체로 다시 세상에 나왔다.

나는 각 발달 단계를 카메라로 찍어 기록하고, 그렇게 얻은 필름에서 나방의 형태를 정확하게 재현하기 위해 백금 인화지에 아주 조심스럽게 이미지를 정착시켰다. 그리고 거의 언제나 한창 활발하게 활동하는 살아 있는 나방을 피사체로 삼아서 수채 물감으로 모든 점, 선, 색채의 농담을 그대로 종이 위로 옮겼다. 새를 관찰하고 기록하는 작업은 이렇게까지 흥미롭지 않았다. 내가 미처 깨닫기도 전에 새 관찰 작업에서 파생된 이 활동을 통해 이 책에 실린 대부분의 그림이 완성되었다. 그 그림들을 그린 이유는 오로지 그 작업이 즐거웠기 때문이었고, 내 주변 사람들이 그 그림들을 보면서 좋아했기 때문이다.

나방 책을 써야겠다는 생각이 내 머릿속에서 꽤 구체화되었음을 깨달았을 때 나는 가지고 있던 삽화들을 면밀히 검토했다. 그동안 수집한 나방 표본들을 그림으로 그리면 그 삽화들보다 더 정확하고 나은 삽화를 만들 수 있을지 판단해 보려는 마음에서였다. 그 과정에서 내가 찍어둔 나방 사진들과 시중에 나와 있는 나방 책 속 같은 종의 삽화들을 꼼꼼히 비교했다.

이런 식으로 비교 작업을 진행하자마자 그림의 가치는 오로지 그 화가의 솜씨에 의해 정해진다는 사실이 드러났다. 그림은 딱 그 화가가 모사할 수 있는 만큼만 정확했다. 그 이상도 그 이하도 아니었다. 좋은 카메라로 찍은 사진은, 그 카메라를 제대로 다루었다는 전제하에, 피사체의 재현이다. 인간이 종이 위에 옮긴 모사와는 달리 당신 앞에 놓인 살아 있는 피조물이 전지전능한 조물주가 진화시킨 그 모습 그대로 담긴다. 주변 환경도 화가가 머릿속에 떠올린 대로가 아니라 원래대로 보인다.

이것은 곧 엄청난 노력이 필요하다는 뜻이기도 했다. 나는 5-6년에 걸쳐 그림의 정확도를 높이기 위해 쉼 없이 작업했고, 그 덕분에 실제 살아 있는 나방과 그 주변 환경을 본모습에 최대한 가깝게, 종이 위에 옮길 수 있는 가장 정확한 모습으로 그려낼 수 있었다.

내가 지금까지 본 모든 나방 도감 가운데 색을 재현하려고 한 책들의 삽화는, 쪼그라든 몸체와 부자연스럽게 펼쳐진 날개 모습만 봐도 그것들이 개인 수집가나 박물관의 소장품으로 몇 주에서 몇 년 동안 고정된 채 보관된 표본을 보고 그린 것임을 짐작하게 했다. 생명이 사라진 나방은 아무리 환경 조건을 관리하면서 보존하려고 노력해도 빠른 속도로 퇴색한다.

성체가 된 지 8일이 지나면 나방은 쇠락의 마지막 단계에 들어선 것이어서 고치에서 나온 지 여섯 시간이 지나 날개가 완전히 말라서 비행할 준비가 된 나방에 비해 색이 4-6단계 더 옅다. 대사활동이 멈추고 날개와 몸체에서 체액이 증발하자마자 그 색은 다시 몇 단계 더 옅어지기 시작한다. 그 상태에서 행여 빛에라도 노출되면 원래 색을 짐작하기 어려울 정도로 금세 색이 바랜다.

이 책의 나방 그림을 보면서 색감의 정확성을 판단할 때는 다음 사실을 기억해 주길 바란다. 이 책에 나오는 거의 모든 나방 그림은 고치에서 나온 성체가 처음으로 날아오르기 전에 찍은 사진을 참고했고, 채색은 뒷날개가 잘 말라서 보송보송해진 직후의 색을 모사했다. 생명 그 자체만큼이나 생생한 나방을 그리는 나에게, 다른 책에서 접하는 나방 그림의

색 재현 시도는 본색보다 바래서 희미하게 느껴진다. 또 고백하건대, 여간해서는 분별하기 쉽지 않은 선, 음영, 솜털을 잘 보여주기 위해 정확성을 해치지 않는다고 생각하는 범위 내에서 나는 일부러 모든 색을 최대한 진하게 표현했다.

✲

나는 결코 내가 곤충학자라고 생각하지 않으며, 《아침 식탁의 독재자》(*The Autocrat of the Breakfast Table*, 1858)에서 올리버 웬델 홈스 경이 피력한 견해, "곤충학은 너무나 방대해서 어느 한 사람의 지능만으로는 섭렵할 수 없다"는 말에 전적으로 동의한다. 나는 아무리 내 목숨이 걸려 있다고 할지라도 나방의 아주 사소한 장기와 신경의 학명까지 일일이 댈 자신이 없다. 수천 종에 이르는 작은 나방을 연구하는 일에 밤낮 없이 매달리기에는, 하다못해 황홀할 정도로 아름다운 뒷날개나방속에 속하는 모든 나방을 찾아 나서기에도 인생은 너무 짧다. 그것을 자신의 유일한 인생 목표로 삼았다면 모를까. 다만 내가 내 부족한 점을 솔직하게 알리고, 림버로스트 습지의 가장 아름다운 피조물을 소개하기 위해 이 책을 썼으며 각 나방의 성장과 변화에 관한 외전을 담고 있다고 밝히면서 자연을 사랑하는 내 동지들 앞에 내놓는다면 사기를 당했다고 느끼는 독자는 없을 것이다.

《림버로스트의 소녀》가 출간된 뒤로 내가 관찰한 림버로스트 습지의 나방에 관한 글을 써달라고 요청하는 수백 통의 편지를 받았다. 이 책은 그런 요청에 대한 화답일 뿐이다.

커다란 야행성 나방은 한살이의 모든 단계에서 많은 적의 먹잇감이 되므로 그 어디에서도 해충이 될 정도로 개체 수가 늘어나지 않고, 새와 달리 지역 특유 별칭이 붙을 정도로 흔해지지도 않는다. 나방을 쉽게 식별할 수 있도록 학명을 사용해야만 했고, 달리 사용할 수 있는 표현이 없어서 부득이 전문용어를 사용한 경우도 있다.

이 책에 나오는 모든 나방은 최대한 그 나방에게 자연스러운 환경조건에 두고서 그리려고 노력했다. 때로는 정교한 무늬를 제대로 표현하기 위해 긴 낙타털로 만든 세필로 나방을 살짝 건드리고 살살 달래서 자연스럽게 있을 때보다 날개를 더 넓게 펼치게 했다. 그러나 중요한 것은 그 나방은 살아 있는 나방이었고 어떤 식으로도 고정시키지 않았다는 사실이다. 이 책에서 나는 나방을 내가 어린 시절에 알게 된 이름이나 림버로스트 오두막에서 붙인 별칭으로 자주 불렀다.

이 책에 나오는 거의 모든 작업과 기록은 나방 성체가 고치를 찢고 나올 수 있을 정도로 날개가 완전히 발달하고 고치 밖에서 잘 말라 단단해졌지만 아직 나방의 대사 순환이 날개에 미치기 전이라 날아갈 수 없는 상태에서 관찰했기 때문에 가능했다. 이 시기에는 떨어져 나간 비늘이 단 한 개도 없고 무늬도 가장 생생해서 나방이 발산하는 절정의 아름다움을 그릴 수 있다. 나방은 날개를 반쯤 또는 활짝 펼치고서 자연스럽게 움직인다. 비늘 몇 개가 뭉쳐 있는 경우가 종종 있는데, 나방이 날아가면 공기의 움직임에 의해 절로 풀어지겠지만, 나는 나방이 날아가기 전에 그림을 그려야 하므로 낙타털 세필을 사용해서 뭉친 부분을 살살 펴주었다. 이런 살아 있는 완벽한 생명체와 내가 본 다른 모든 나방 책에 나오는 말라비틀어진, 핀이 꽂힌 표본의 차이는 풍성한 생명과 황폐한 죽음의 차이다.

특히 설명하고 싶은 것이 또 하나 있다. 그림색 종이에 인쇄했더니 누에나방이나 가지나방처럼 날개가 대부분 흰색 또는 회색인 나방들은 그 색의 명암이 살짝 달라졌다. 흰색은 원래만큼 새하얗지가 않고 회색은 살짝 누런빛이 돈다. 모든

노란색 계열과 갈색 계열, 그리고 붉은색과 검은색을 띤 나방
의 경우에는 동판 인쇄 작업의 특성으로 인해 종이에 찍힌 그
림에서 그 색감이 벨벳처럼 은은하고 부드럽게 표현되었다.

요약하자면 책 전체에서 나방 그림 넉 점은 책 제작에 사
용된 크림색 종이에서 흰색과 회색이 원래 색과 살짝 다르게
표현되었지만, 스무 점의 그림은 오히려 종이 색 덕을 크게
봤고, 절반가량 되는 그림은 종이 색으로 인해 배경에 깊이
가 더해졌다. 따라서 대다수 '고려 사항들'에서는 크림색 코
팅지가 장점으로 작용할 때가 압도적으로 많았고, 감사하게
도 내가 이 책에 나오는 자료들을 마련하면서 얼마나 오래 인
내심을 가지고 꼼꼼하게 작업했는지를 잘 아는 이 책의 운명
을 쥔 권력자들은 책 인쇄와 관련된 문제들에 대한 결정권을
내게 줬다. 나는 지금까지 내가 한 그 어떤 작업보다도 이 책
을 만드는 일에 애정을 쏟았고, 그 사실은 이 책을 읽고 이 책
에 실린 그림을 보면 누구나 금세 알아차릴 수 있을 것이다.

박물학자(Naturalist)와 자연애호가(Nature Lover) 사이에

림버로스트의 나방들

는 커다란 간극이 존재한다. 박물학자는 가장 큰 자연부터 가장 작은 자연에 이르기까지 자연의 모든 구성요소와 관련된 딱딱한 과학적 문제를 깊이 파고들어 분석하는 일에 평생을 바친다. 자연애호가는 직업이 다양하며 취미 삼아 자연 속으로 들어가 자신의 감각을 사로잡는 평범한 생명 현상을 감상하는 일에서 즐거움을 찾는다.

박물학자는 언제나 맨 꼭대기에서 시작해 과, 아과, 속, 종을 끝까지 추적한다. 적확하지만 난해한 라틴어와 그리스어 용어를 다룬다. 그래서 박물학자의 손에 들어간 나방의 해부학적 구조와 외적 특징은 비막(飛膜), 절지(節肢), 중실(中室), 포식세포 등 끝없는 과학 전문용어 속으로 사라진다. 박물학자가 되고 싶은 사람이 있다면, 그 자신이 상당히 희귀한 표본에 해당하지만, 참고할 만한 책이 이미 시중에 넘쳐난다. 나비와 나방류 연구 선구자 명단은 절대적인 권위자로 인정받는 린네에서 시작해 그 밑으로 드루스, 그로트, 스트레커, 부아뒤빌, 로빈슨, 스미스, 버틀러, 페르난드, 모튼필리, 힉스, 로스차일드, 햄프슨, 스트레치, 라이먼 등 수십 명이 넘는다. 그런 위풍당당한 명단이 엄연히 존재하는데 굳이 그 명단에 이름을 더할 필요는 없을 것 같다.

그 남자들은 나방을 가르고, 현미경으로 뇌·심장·신경을 확대해 위치를 확인하고, 분해했다. 패커드의 《곤충 연구 가이드》(*Guide to the Study of Insects*, 1868) 35페이지에 나오는 것처럼. 내부 해체 작업을 끝낸 다음에는 가장 미세한 외부 기관에조차도 난해한 라틴어 이름들을 붙였다. 그런 이름들로 인해 우리는 나방의 다리 하나를 완성하려면 기절(基節), 전절(轉節), 퇴절(腿節), 경절(脛節), 부절(跗節), 지절(指節), 부착반(附着班), 전조(前爪), 중조(中爪), 후조(後爪)가 필요하다는 것을 알게 된다.

이런 식의 연구는 불필요하다는 내 주장에 반하는 이야기일 수도 있지만, 이 모든 연구에도 불구하고 곤충의 귀가 정확히 어디에 있는지 확실하게 밝혀낸 사람이 없다는 점은 언급해야겠다. 어떤 학자는 더듬이에 청각 기능이 있다고 주장한다. 가령 힉스는 더듬이에 있는 액체로 채워지고 막이 둘러싼 공간을 연구했으며, 이곳이 청각 기능을 담당한다고 설명한다. 라이디히, 게르슈태커 등은 그 기관이 후각 기능을 담당한다고 주장한다. 그렇다면 아직 곤충학 박사 자리가 딱 하나 정도 남아 있을지도 모르겠다. 나방의 청각 기관을 비롯해 아직 완전히 해결되지 않은 쟁점 한두 가지에 확답을 제시해 줄 권위자가 필요하니 말이다.

그런데 휴식과 오락을 위해 1년 중 겨우 확보한 아주 잠깐의 시간을 자연에서 보내는 수백만 명의 자연애호가들은 어떻게 해야 할까? 평소에는 일을 하다가 여가 시간에 취미로 하는 연구가 오히려 부담이 되어버린 일반인들은 어떻게 해야 할까? 자신이 취미로 선택한 학문의 연구 관행이 너무 엉망이라 연구에 몰두하기가 불가능한 것까지는 아니어도 즐겁기는커녕 피하고 싶은 일이 되어버린 아마추어 연구자들은 이제 어떻게 해야 할까?

자연애호가의 수를 따져본다면 박물학자 한 명당 자연애호가 백만 명이 활동하고 있다. 그런 자연애호가들은 자신과 친구들이 자연에서 만난 생물을 식별하는 데 도움이 되는 무늬, 행동습성, 외형적 특징을 알고 싶어할 것이다. 또한 그 생물을 최대한 쉬운 이름으로 부를 수 있다면 더할 나위 없이 기뻐할 것이다. 자연애호가들은 좀처럼 익히기 힘든 난해한 라틴어 및 그리스어 용어에 담긴 종에 관한 정보나 생물의 세부적인 해부 구조에는 관심이 없다.

자연애호가들 중에서도 특히 적극적인 아마추어 연구가는 나방에 관한 책을 산다. 그러나 책에 수록된 나방 그림 대부분이 핀으로 고정된, 색이 다 빠져버린 표본을 그린 것이고, 글은 학술적 내용을 지나치게 어렵게 써놓다 보니 아마추어 연구가는 자신이 기대한 정보를 얻지 못한 채 첫 장을 읽다가 책을 덮어버린다.

그들이 책에서 얻기를 기대한 정보는 이런 것들이다. 자신이 만난 나방이 어떤 나방인지 식별하는 법, 그 나방이 주행성인지 야행성인지, 먹이 활동을 하는지 아니면 먹이 활동 없이 짝짓기를 하고 알을 낳는지. 그 나방을 찾을 가능성이 높은 장소, 그 나방의 습성, 알과 애벌레를 식별하는 법, 그 나방이 겨울을 날 때 나뭇가지나 헛간 벽에 붙은 고치로 나는지, 나무껍질 아래 또는 땅에 쌓인 나뭇잎 더미 아래 또는 땅속 구멍 안에서 나는지. 또한 그들이 기억할 수 있을 법한 이름을 알려주고, 나방을 식별할 때 참고할 수 있는 채색 그림이 실린 책을 원한다. 이 책은 자연애호가를 위해 썼으므로 오로지 자연애호가들의 필요를 염두에 두고서 만들었다.

✻

림버로스트 습지에서 특히 아름다운 나방 열 종 중 어느

림버로스트의 나방들

것이라도 하나를 내가 보여줬을 때 그 나방이 자신이 살면서 본 가장 우아한 생물이라고 감탄하지 않은 사람은 단 한 명도 없었다. 그리고 그렇게 감탄한 사람은 당연하게도 나방의 역사와 이야기에 엄청난 관심을 보인다. 그러나 그런 인간적인 관심은 전혀 다루지 않는 가독성이 한참 떨어지는 교재를 구입해 흡사 과학 논문과도 같은 글을 한 페이지 한 페이지 해독해 나가야 하고, 그 과정에서 지식과 경험이 부족해서 자신이 궁금해하는 나방의 종을 엉뚱하게 식별한 것 같다는 기분을 내내 느껴야만 한다는 것을 알게 되면, 사람들은 십중팔구 그냥 나방에 대해 무지한 사람으로 남는 쪽을 선택한다.

재미를 위해서든 연구를 위해서든 자연으로 나간 모든 자연애호가들이 나방과 친해지고 나방에 대해 알아가기 위해 거쳐야 하는 과정을 좀 더 순탄하게 만들어주는 책이라면 반길 것이라는 전제하에 이 책을 쓰고 그림을 그렸다.

이 책에 수록된 자료들을 수집하면서 과학 저술가의 조언을 따른 덕분에 확보한 개체도 있있지만, 그로 인해 그에 못지않게 많은 개체를 잃었다고 생각한다. 과학 저술가에게 내가 불만을 품는 이유는 그들이 필수적인 세부사항을 누락할 때도 많고, 나아가 그들이 전달하는 정보가 부정확할 때도 있기 때문이다. 해부 구조의 아주 세세한 부분을 가리키는 전문용어를 쏟아내면서 자신이 올바른 정보를 제공하고 있다고 착각하는 한편, 서너 단어로도 충분히 전달할 수 있을 정도로 간단하지만 아마추어가 모르면 곤란할 수 있는 필수적인 내용은 설명해 주지 않는다.

예를 들어 겨울을 대비해 먹이 활동을 마친 애벌레는 일정 시간 동안 분주하게 기어다니면서 내장을 비운 뒤 변태를 시작한다고 대여섯 명의 과학 저술가가 설명한다. 그런데 왜 아무도 그로 인해 애벌레의 길이가 줄어든다는 사실, 예컨대 15센티미터이던 애벌레가 그 절반인 7.5센티미터로 줄어든다는 사실은 알려주지 않는 걸까? 더 나아가 그 애벌레의 피부가 느슨해지고 뿔이 축 늘어져서 겉으로 보기에는 죽어서 부패 과정이 시작된 것처럼 보일 수도 있다는 점은 왜 알려주지 않는 걸까?

아무도 이런 점을 언급하지 않았기에 나는 이런 상태에 있는 애벌레를 처음 발견했을 때 그 애벌레가 이미 죽었다고 생각하고 버렸다. 그들이 몇 단어면 충분히 할 수 있는 설명을 누락하는 바람에 아름다운 나방의 한살이를 관찰하고 기록할 기회를 통째로 날려버렸고, 다시 기회를 얻기까지 5년을 기다려야 했다.

✲

내가 참고한 몇몇 책에는 하나같이 특정 애벌레는 땅속에서 번데기가 된다는 아주 간략한 설명만 반복해서 등장했다.

패커드의 《곤충 연구 가이드》 97쪽에는 이런 문장이 나온다. "땅속 나비목 번데기는 그 형상이 드러날 때까지 토양이 축축한 상태로 유지되어야 한다." 나는 이 지시를 따랐다. 심지어 번데기를 묻기 전에 흙을 한 번 굽는 정성까지 들였다. 희귀한 나방들이었기 때문에 특히 더 신경을 썼다. 봄이 와도 나방이 나오지 않아서 번데기를 꺼냈는데, 축축한 흙에 단단히 묻었는데도 번데기의 껍질이 망가져 있었다.

나는 조사 끝에 그런 나방의 용화는 애벌레가 만든 구멍 안에서 이루어진다는 것을 알게 되었다. 그래서 이런 경우 번데기 형태가 완성된 후에는 그 번데기가 누운 면만 흙에 닿아 있어야 했다. 설명문에 '구멍'이라는 단어 하나만 들어 있었어도 내 번데기들은 모두 무사히 나방이 되었을 것이다.

한 저술가는 어떤 번데기의 입은 뒤집어져서 뒤쪽 날개 사이에 들러붙는다고 서술하는데, 나머지 저술가들은 이에 대해 이상하리만치 침묵한다. 그래서 나는 번데기 몇 개를 다리 쪽이 위로, 등 쪽이 흙에 닿도록 뒤집은 다음 10개월간 사진을 찍었다. 그런 식으로 애벌레가 땅속에서 용화한 후 나방 형태로 변할 때 다리가 흉부의 밑면을 감싸면서 접히고 날개가 그 위를 감싸기 때문에 입도 배 쪽을 향해 아래로 접혀서 날개 사이에 고정된다는 것을 직접 알아냈다.

수년간 나는 땅속으로 들어간 애벌레가 번데기를 거쳐 어떻게 우화하고 땅 밖으로 나오는지에 대한 설명을 어디에서도 찾을 수 없었다. 최근 발표된 논문 두 편은 나방이 우화하기 전 번데기 상태에서 땅 밖으로 나온다고 서술하지만, 그 과정을 묘사하거나 설명하지는 않았다.

흙에서 나온 번데기 껍질을 단 한 번도 본 적이 없다 하더라도 이 책에 나오는 그림을 통해 번데기 껍질이 크게 두 부분으로 구성된다는 것을 알 수 있다. 두루뭉술하게 머리를 감싼 흉부 덮개와 여러 개의 고리로 이루어진 복부. 머리 쪽에는 숨구멍이 많이 나 있는 길쭉하고 연약한 입 덮개가 있다. 둥그스름한 머리는 흉부에 고정되어 있어서 자유롭게 움직일 수 없지만, 복부는 고리로 되어 있다 보니 돌리고 비틀수 있다. 복부 끄트머리에는 바늘처럼 뾰족한 작디작은 돌기두 개가 나와 있고, 복부 덮개를 이루는 세 고리 각각에 작은갈고리 한 쌍이 붙어 있는 경우가 많다. 아주 살짝 튀어나온갈고리지만 충분히 쓸모가 있을 만큼은 튀어나와 있다.

일부 나비목 학자는 번데기가 복부로 머리 쪽을 밀어 올려서 머리가 먼저 지표로 올라온다고 생각한다. 그러나 그것은 불가능할 것이다. 둔탁한 머리 부분을 흙에 대고 더 세게밀수록 흙은 오히려 더 단단하게 다져질 것이고, 그러면 당연히 연약한 입 덮개는 찢어지고 말 것이다. 머리 부분에는튀어나온 부분이 없어서 흙을 파거나 느슨하게 풀어낼 수가없다.

내가 아는 한 저명한 나비목 학자는 나방이 땅속에서 우화하고 고치에서 탈출하려고 애쓰는 과정에서 서서히 지표로 올라온다고 주장한다. 나는 그것은 절대로 불가능하다고생각한다. 땅속에서 번데기로 있다가 시표로 올라온 매미가나무 둥치에 버려둔 매미 번데기 껍질을 떠올려보라. 흙 부스러기가 덕지덕지 붙어 있다. 만약 나방이 땅속에서 고치를 찢고 나오면서 지표로 올라온다면 여리디여린 나방의 머리, 날개, 비늘이 어떻게 될지 생각해 보라!

나는 땅속 번데기에서 갓 우화한 나방의 머리나 다리에 흙이 조금이라도 묻어 있거나 비늘이 떨어져 나간 개체를 본 나비목 학자나 아마추어 나방 연구자가 단 한 명도 없을 것이라는 데 전 재산도 걸 수 있다. 만약 나방이 자유를 찾아 입과 다리로 축축한 봄 땅의 흙을 뚫고 나오는 것이라면, 당연히 입과 다리에 흙이 묻어 있어야 한다.

이 문제의 해답을 나는 정원에서 작업을 하다가 얻었다. 내 손가락에서 4-5센티미터도 떨어지지 않은 곳에서 나방 하나가 복부 끝부분부터 모습을 드러냈다. 복부를 뒤집고 비틀면서 흙을 헤집은 다음 복부 끝부분을 땅에 박고는 머리를 꺼냈다. 그런 다음 복부 끝을 다시 한번 단단히 고정했다. 이후에도 그런 식으로 지표로 올라온 나방을 몇 마리 더 봤다. 그리고 실험을 몇 차례 하면서 이것이 땅속 번데기가 지표로 나올 수 있는 유일한 방식이라고 확신하게 되었다.

세간에서 나름 전문가로 권위를 인정받는 한 저술가는 산누에나방의 알이 산란일로부터 열엿새가 지난 후에 부화한다고 썼다. 그래서 나는 11일에 산란된 산누에나방 알

몇 개를 상자에 넣고 27일에 부화 예정이라고 쓴 라벨을 붙인 뒤 작업실 구석에 보관했다. 그런데 24일에 그 상자를 옮겨야 할 일이 생겨서 상자 안을 들여다보았더니 알들이 벌써 부화해 애벌레 절반 정도는 이미 굶어 죽은 상태였다. 이것은 그 애벌레들이 적어도 36시간 전에 부화했다는 것을 의미한다. 아직 살아 있는 나머지 애벌레 중 절반 정도는 너무 약해져서 활동을 멈춘 상태였고, 그중 절반만이 무사히 살아남아 번데기가 되었다. 그러나 만약 처음에 상자에 표기한 부화 예정일까지 그냥 두었다면 모든 애벌레가 굶어 죽었을 것이다.

내가 이 책을 준비하면서 읽은 책 중 하나는 나방 애벌레가 실을 뽑아 고치를 만드는 과정을 다루면서 이렇게 주장했다. "대다수 애벌레는 고치나 보호막 같은 것을 만든다. 순수하게 견사만을 감아서 만들거나 견사에 털과 온갖 외부 물질을 함께 엮어서 만든다. 나뭇잎, 나무껍질, 이끼, 심지어 흙알갱이 같은 조각들도 사용된다."

나는 그런 것들이 들어 있는 상자 안에서 애벌레가 고치를 엮는 것을 백 번도 넘게 지켜봤고, 자연에서도 고치를 수집했고, 또 그런 고치 수십 개를 현미경으로 살펴봤다. 그러나 고치의 지지대 역할을 한 나뭇잎, 나뭇가지, 나무껍질 등을 제외하면, 그리고 애벌레 터럭 두세 개를 제외하면 애벌레의 몸에서 뽑아낸 견사 외에 다른 조각이나 알갱이가 고치에 섞여 있는 경우를 단 한 번도 보지 못했다. 애벌레가 고치를 만들 때 흙과 배설물을 사용하는 것을 봤다는 아마추어 연구가들이 있기는 하다. 이 책에 나오는 그림을 면밀히 살펴보면 내 경험이 어떠했는지 잘 알 수 있을 것이다.

앞서 언급한 책에서는 나방의 보호색에 대해 이야기하면서 실외의 여러 물체에 인위적으로 번데기를 부착한 실험에서 다음과 같은 결과가 나왔다고 강조했다. "번데기가 눈에 잘 띄는 울타리에서는 92퍼센트가 사라졌다. 반면에 번데기가 눈에 잘 띄지 않는 쐐기풀에서는 52퍼센트가 사라졌다." 이 실험 결과를 자세히 서술한 저자는 이를 번데기가 포식자의 눈에 잘 띄지 않게 해주는 보호색의 중요성을 뒷받침하는 근거로 내세웠다.

개인적으로 나는 쐐기풀의 색이 아니라 쐐기풀 자체가 보호막 역할을 했다고 생각한다. 나는 자연에서 채집 활동을 하면서 쐐기풀이나 가시덤불이 그 안에서 살아남을 수 있는 모든 생물에게 뛰어난 보호막이 된다는 것을 알게 되었다. 쐐기풀이나 가시덤불 안에 머무는 곤충과 그곳에서 알을 품는 새들은 다른 곳에 보금자리를 마련하는 곤충이나 새들에게는 주어지지 않는 안전한 피난처를 얻는다. 앞서 언급한 실험은 공정한 조건에서 진행된 것이 아니므로 진지하게 고려할 가치가 없다. 만약 쐐기풀이나 가시덤불에 부착한 번데기를 울타리만큼이나 외부에 노출된 식용 식물이나 먹이가 되는 식물에 부착했다면, 그래서 아이들, 풀을 뜯는 가축, 들쥐, 뱀, 박쥐, 새, 곤충과 기생충이 쉽게 접근할 수 있었다면, 그 실험은 다른 방향으로 흘러갔을 것이다. 그렇게 실험을 진행했다면 실험을 설계했던 나비목 학자들이 입증하고자 했던 가설에 부합하는 결과가 나오지 않았을 거라고 생각한다. 내가 제시한 대로 실험을 진행해야만 공정한 실험이 된다.

나방을 연구하면서 나는 청각 기관의 위치와 먹이를 먹지 않는 나방의 입의 발달 정도에 깊은 관심을 가지게 되었다. 나는 로울리 교수에게 나방의 해부학을 다룬 신뢰할 만한 책 목록을 추천받은 뒤 전보로 내 난골 서적상에 그 중 가장 평이 좋은 세 권을 주문했다. 책을 받자마자 나는 그 중 가장 두꺼워 보이는 큰 책을 들었다. 5달러나 주고 산 그 책은 오로지 나방만 다룬 책이었다.

나는 기대에 부풀어 나방 해부학이 나오는 부분을 펼쳤다. 거기에는 이렇게 적혀 있었다. "나방 몸 각 부위의 명칭과 여러 기관의 기능을 확인하고 싶은 독자는 '나비 책'의 동일한 장을 참고하라. '나비 책'에는 주행성 나비목에 대한 주요 사실 정보들이 실려 있다." 요컨대 나방의 해부학에서 궁금한 점이 있다면 다시 전보를 보내어 5달러를 주고서 본인의 '나비 책'을 구입하라는 것이다.

이것이 공정하다고 볼 수 있는 여지가 있다고 말할 사람이 있을지도 모르겠으나, 적어도 나는 도저히 그렇게 말하지 못하겠다. 그와 유사한 일을 수없이 겪다 보니 이제는 내가 정말로 궁금한 것에 대해서는 직접 나서서 의문을 해결하는 것이 가장 안전하다고 느끼게 되었다.

✿

이 책에는 내게 나방을 가져다준 많은 사람이 등장하는데, 단순한 호의였다고 무심히 넘길 수 없을 만큼 자료 수집에 큰 도움을 주었다. 특히 자신의 신원을 언급하지 않기를 바란 한 소녀의 열정과 레이먼드 밀러라는 17세 소년의 도움이 없었다면 이 책은 출간될 수 없었을 것이다. 레이먼드 밀러는 자연으로 나가 새들을 관찰하는 작업을 하는 고된 시기에 나를 도와준 내 유일한 조수였는데 나방에 대한 그의 관심이 얼마나 깊어졌는지, 그는 내가 오두막에 갇혀 작업해야 할 때에도 나 대신 자연 속에서 나방의 알, 애벌레, 고치, 성체를 찾는 데 많은 시간을 쏟았다. 레이먼드는 내가 수집한 나방 중에서 가장 희귀한 종의 고치를 구해다주었고, 이 책을 완성하는 데 필요한 몇몇 나방을 그 나방의 본래 서식지에서 찾아냈다. 레이먼드가 자연에서 보낸 멋진 날들이 그 자체로 충분한 보상이 되었기를 바란다. 레이먼드가 내게 베푼 친절에 내가 충분히 보답할 길이 전혀 없기 때문이다.

이 책은 내가 디콘과 몰리-코튼에 빚을 졌다는 것을 보여주는 증거다. 밥 버데트 블랙에게도 감사 인사를 전해야 한다. 그는 나의 새 연구 활동에서 가장 오래된 동료이자 가장 따뜻한 친구이며, 많은 훌륭한 나방과 고치를 제공해 주었다. 또 이 책을 과학자의 시선으로 비평하는 고된 작업을 해준 R. R. 로울리 교수에게도 감사한다. 그는 아마추어가 헤맬 때 손을 잡아주는, 무엇과도 비교할 수 없는 큰 친절을 베풀었다.

진 스트래튼-포터(Gene Stratton-Porter, 1863-1924)는 1863년 미국 인디애나주 시골에서 태어났다. 열한 살이 되어서야 학교에 다니기 시작한 스트래튼-포터는 공교육 시스템에 불만이 많았고, 결국 고등학교 졸업을 1년 남겨두고 자퇴한다. 1886년에 찰스 포터와 결혼하고 딸을 낳은 뒤에도 집에서 살림을 돌보기보다는 집 근처 숲과 늪지를 탐사하면서 시간을 보냈고, 이에 관한 글을 써서 잡지에 기고했다. 이후 더 많은 독자에게 자연을 소개하고자 소설을 쓰기 시작했는데,《림버로스트의 소녀》(*A Girl of the Limberlost*, 1909) 등 그녀의 소설은 수천만 부가 팔렸고 영화화되기도 했다. 스트래튼-포터는 영화화 작업을 직접 지휘하고자 1922년에 영화 제작사를 차렸지만 1924년 교통사고로 사망했다.

이 글은 자연 탐구서《림버로스트의 나방들》(*Moths of the Limberlost*, 1912) 서문이다. 스트래튼-포터는 자신이 설계한 저택을 '림버로스트 오두막'이라고 부를 정도로 림버로스트 습지를 사랑했다. 비록 소설가로 성공했으나 스트래튼-포터가 정말로 쓰고 싶었던 책은 자연 탐구서였고, 마침《림버로스트의 소녀》 독자들이 소설에서 자주 언급되는 나방들에 대해 더 알려달라고 요청했으므로《림버로스트의 나방들》을 쓴 것은 어찌 보면 당연한 수순이었다.

자연은 삶을 견디게 하는 리듬

이 책은 '펍협번역그룹'의 공역 프로젝트로, 저작권이 만료된 작품 가운데 여성 작가가 쓴 산문을 함께 읽고 옮겨보자는 제안에서 비롯되었다. 영미 문학계에서는 이미 오래전부터 여성 작가의 산문을 재조명하는 선집이 꾸준히 출간되어왔고, 우리는 그 흐름을 참고해 작가와 작품을 추렸다. 거창한 주제나 목표보다는 함께 즐겁게 읽고 옮길 수 있는 글을 고르는 과정에서 자연스럽게 '여성 작가'와 '자연'으로 초점이 모였다.

최종적으로 19-20세기에 활동한 여성 작가 여덟 명의 글을 선택했다. 이들 중 '조원의 십' 시리즈로 잘 알려진 로라 잉걸스 와일더를 비롯해 마저리 키넌 롤링스와 메리 헌터 오스틴 등 여러 작가가 이미 우리 독자에게 소개되었다. 그러나 이 산문집에 실린 이들 작가의 글은 모두 국내에 처음 소개되는 글이다. 또 메이블 오스굿 라이트, 수전 페니모어 쿠퍼, 셀리아 레이터 색스터는 이 산문집을 통해 우리 독자에게 처음 소개되는 작가다.

각각의 글이 비교적 짧은 분량이지만, 글의 개성과 가치가 드러났기를 바란다. 그리고 각 글이 수록된 원 작품과 작가에 대한 관심으로 이어지기를 바란다. 매년 6만 종, 에세이로 좁히더라도 4천 종의 새 책이 쏟아져 나온다는 데 다른 문화권, 다른 시대를 산 사람들의 이야기가 지금 우리에게 어떤 의미를 지닐 수 있을까? 다행히 이 책 안에서 그 답을 찾을 수 있었다.

성경에 '해 아래 새것은 없다'(구약성경 전도서 1:9)는 구절이 있다. 내 생각에 이 말은, 인생의 진리와 법칙에는 한계가 있어서 우리가 아무리 멀리 나아갔다고 생각하더라도 그 범위를 벗어날 수는 없다는 뜻이다. 삶을 아무리 복잡하게 쌓아 올려도 우리는 언젠가 다시 그 진리를 마주하게 되고, 결국 먼 길을 둘러 같은 자리로 돌아왔음을 깨닫게 된다.

-로라 잉걸스 와일더, 〈들꽃 한 다발〉 중에서.

자연은 세월이 아무리 흘러도 늘 우리 곁에 있다. 그 자연에 대해 우리가 할 수 있는 이야기는 시대와 장소에 따라

역자 후기

다른 색채를 띠지만, 그 안에 담긴 감상과 메시지는 결코 우리에게 낯설지 않은 이유다.

무엇보다 자연은 우리가 우주의 아주 작은 일부지만 또한 소중한 생명이라는 점을 일깨워준다. 그러므로 이 책을 통해 "우리가 그 박동과 충분히 가까운 거리를 유지하면서 생명의 리듬을 느끼고 그 꾸준함에 위로받을 수 있다면, 우리 자신의 짧은 삶이란 아주 거대한 천에서 떨어져 나온 작은 조각에 불과하며 생명은 그 자체로 존귀하다는 사실을 이해한다면, 그걸로 된 것이다"(마저리 키넌 롤링스, 〈목련나무〉 중에서).

그동안 모래성을 쌓다가 완성하지 못한 채 방치하고 또 다른 모래성을 쌓다가 완성하지 못한 채 방치하는 일을 반복했다. 그렇게 방치된 수많은 모래성 중에는 파도에 휩쓸려 완전히 사라진 것도 있지만, 모래 둔덕으로 남은 것도 있다. 비록 남들이 볼 때는 그 모래 둔덕이 드넓은 모래밭의 일부에 불과하겠지만. 이 책은 그런 모래 둔덕 중 하나가 남들 눈에도 보이는 다른 무언가로 재탄생한 것이다.

살다 보면 누구나 모래성을 쌓다가 멈추고 모래성을 쌓

다가 멈추는 일을 반복하게 된다. 그런 모래성 쌓기에 들어간 시간과 노력은 파도에 휩쓸려 사라진 것처럼 보일 수도 있다. 그러나 남들은 식별할 수 없을지라도 나는 알아볼 수 있는 모래 둔덕이 남아 있다는 것을 잊지 말자. 이 책의 독자가 그렇게 완성하지 못한 모래성의 흔적들에서 언젠가 남들에게 내보일 수 있는 다른 무언가를 만들어낼 수 있으리라는 희망도 품을 수 있다면 더 바랄 것이 없겠다.

역자를 대표하여 방진이 씀.

강경이

영어교육과 비교문학을 공부한 뒤 좋은 책을 발굴해 소개하는
번역가로 활동하고 있다. 걷는 사람과 걷기에 관한 글을 즐겨
읽으며 삶 속에서도 걷기를 즐기려고 한다. 끝없이 펼쳐진 사막을
하염없이 걸어가는 여성에게 매혹되어 이 글을 우리말로 옮겼다.
《우리의 이방인들》《메리 커샛, 현대 여성을 그린 화가》《불안의
변이》《길고 긴 나무의 삶》《천천히, 스미는》등 다수의 책을
번역했다.

고은주

이화여자대학교 물리학과를 졸업하고 독일 프리드리히
알렉산더대학교에서 수학한 뒤 충북대학교에서 심리학 석사학위를
받았다. 지금은 독일어책과 영어책을 번역한다. 옮긴 책으로
《정원 디자인 대백과》《위대한 정원사》《아름다운 실험》《원소》
등이 있다. 번역한 책《택스 더 리치》는 (사)환경정의 주최
'환경책큰잔치'에서 '2025년 올해의 환경책'으로 선정되었다.

김정은

서울대학교 외교학과를 졸업하고 한국무역보험공사에서
근무했으며, 현재 펍헙번역그룹 소속 출판번역가로 활동하고 있다.
옮긴 책으로는《비밀의 화원》《자이언트》《아이들을 놀게 하라》
등이 있다. 좋은 문학 작품은 독자를 '지금 여기'가 아닌 '그때
그곳'으로 데려다준다고 믿는다. 작가가 사랑했던 그날의 자연
속으로 떠나는 독자들의 짧은 여행길에서 충실한 안내자가 되고자
한다.

김지혜

영어와 중국어를 한국어로 옮긴다. 단국대학교에서 경영학과
중어중문학을 전공했다. 국내 로펌에서 근무하다 중앙대학교
국제대학원 전문통번역학 한중과에 입학하며 통번역사의
길을 걷기 시작했다. 중앙대학교 통번역센터 통번역사, 대법원
법정통번역사, 영화 번역작가로 활동했으며, 현재 글로벌 번역
기업 10년차 선임 링귀스트로 국내외 유수 기업에 전문 언어
서비스를 제공하고 있다.

방진이

연세대학교 정치외교학과를 졸업하고, 같은 대학교 국제학
대학원에서 국제무역 및 국제금융을 공부했다. 현재
펍헙번역그룹에서 전문 번역가로 활동하고 있다.《불평등은 우리
몸을 어떻게 갉아먹는가》《제대로 연습하는 법》《어머니를 돌보다》
《내 삶의 이야기를 쓰는 법》등을 우리말로 옮겼다.

역자 소개

정영은

서강대학교에서 영미문학을 공부하고 이화여자대학교
통번역대학원에서 한영통역을 전공했다. 오래된 도시 구도심에
지은 아담한 주택에서 라벤더와 라일락, 장미와 수국이 있는 작은
화단을 돌보며 즐겁게 지내고 있다. 《단단한 삶은 보통의 날들로
이루어진다》《자연의 발견》《팔레스타인 1936》 등을 우리말로
옮겼다.

최인

아름다운 숲과 바람, 나무와 계절 속에서 글을 읽고 옮기는 일을
좋아한다. 번역은 한 언어의 나무를 다른 언어의 대지에 옮겨
다시 뿌리내리게 하는 일. 이 책의 문장들이 한국어에서도 고요히
자라나기를 바란다. 〈들꽃 한 다발〉은 좋아하는 작가 로라 잉걸스
와일더의 작품이라 제일 먼저 선택했고, 〈숲속에서의 오후〉는
문장이 마음에 들어 언젠가 책 전체를 번역해 보고 싶다고
생각했다. 이 글을 읽는 모든 분들이 싱그러운 숲속에서 잠시 숨을
고를 수 있기를 바란다.

근현대 영미권 여성작가 산문 선집

자연 하는 마음
보고, 머물며, 향유하다

초판 1쇄 발행   2026년 2월 11일

지은이   로라 잉걸스 와일더, 마저리 키넌 롤링스, 메리 헌터 오스틴,
             메이블 오스굿 라이트, 사라 마가렛 풀러, 셀리아 레이턴 색스터,
             수전 페니모어 쿠퍼, 진 스트래튼-포터
옮긴이   강경이, 고은주, 김정은, 김지혜, 방진이, 정영은, 최인
펴낸곳   이상북스
펴낸이   김영미
출판등록   제313-2009-7호(2009년 1월 13일)
주소   03711 서울특별시 서대문구 가재울미래로 2, 108-1102
전화번호   02-6082-2562
팩스   02-2178-9108
이메일   klaff@hanmail.net

ISBN   979-11-94144-11-3 03840

* 책값은 뒤표지에 표기되어 있습니다.
* 파본은 구입하신 서점에서 교환해 드립니다.
* 이 책의 전부 또는 일부 내용을 재사용하려면 반드시 저작권자의 사전 동의를
  받아야 합니다.

* 이상문학은 이상북스의 문학 브랜드입니다.